EL FUTURO DE MI CUERPO

EL FUTURO DE MI CUERPO

LUIS HERNÁN CASTAÑEDA

www.suburbanoediciones.com

@suburbanocom

Lo intocado por la vanidad y el lucro está, como el sol,
en algunas fiestas de los pueblos andinos del Perú.

José María Arguedas
El zorro de arriba y el zorro de abajo

Cosa maravillosa es la cualidad de aquel aire frío, para matar,
y juntamente para conservar los cuerpos muertos sin corrupción.

José de Acosta
Historial natural y moral de las Indias

Nosotros somos los culpables de esta destrucción,
los que no hablamos su lengua ni sabemos estar en silencio.

Yuri Herrera
Señales que precederán al fin del mundo

1

—¿Está muy recia?

Desde las entrañas del Expreso Chihuahueño, Ángel demoró en entender que el conductor, un norteño de bigote áspero y vozarrón de rancherista, le dirigía a él esa pregunta indescifrable. Era uno de los pocos pasajeros que ya empezaban a estirar los brazos y a girar los cuellos, reconociendo desconcertados las sombras turquesas de la nevera en que se había transformado el autobús a lo largo de la noche. Esta agonizaba mientras ellos surcaban las soledades de Nuevo México en penosa escalada hacia el pueblo de Ratón.

—¿Cómo dice? —preguntó Ángel, observando el sombrero de otro hombre despierto, un pasajero inmóvil a pocos asientos del suyo: un calvo muy delgado de unos cincuenta años de edad. Era el mismo vaquero que, antes de pasar por Las Vegas, le había buscado charla, le había dicho que la mejor hora para pescar en los lagos de altura eran las tres de la mañana. Las truchas picaban con empeño de suicidas.

—Digo, que si no está muy recia la música —explicó

el conductor, casi gritándole a través del camposanto de resucitados.

—Está bien —dijo él, percatándose de que una ranchera moribunda seguía pulsando en algún recodo del vehículo. Era la misma que lo había arrullado hacía unas horas y ya no lo molestaba. En cambio seguía ofendiéndolo la fragancia de orines que avanzaba desde el baño.

—Un verdadero hijo de su señora madre —susurró el vaquero pelado, dándose vuelta y escrutándolo con sus ojos plomizos. Su español era pausado y cuidadoso, exacto y artificial como la aproximación de un felino—. Anoche nadie pudo dormir con el escándalo. Ahora, cuando podría servirnos de despertador, se nos pone hospitalario.

Dejó escapar una risa desganada, un ronroneo de fumador antiguo. Esa voz, pensó Ángel, sólo podía pertenecerle a un glotón, a pesar de su manifiesta enjutez. En vez de soplar las palabras hacia el mundo, lo que deseaba era echárselas al buche, no sin antes haberlas escamado lenta y prolijamente como si fueran truchas de aquellos lagos desconocidos. Era desagradable esa idea; para espantarla se fijó en el sombrero del tipo. Dado el contexto de la presente aventura, debía admitir que no le quedaba ridículo. Era un hermoso sombrero tejano de color negro. ¿De dónde habría sacado el dinero, este pobre diablo, para adquirir una pieza tan soberbia? Ángel nunca podría comprar un sombrero así, menos aún ponérselo: era una prenda irremediablemente extranjera.

Despechado, desvió el mentón y miró por la ventana. Sus ojos luchaban por precisar las imágenes. Tienes que despertar, estar muy atento para la misión de hoy. Fantasmas de pinos desfilaban tras el vidrio. Un grabado de placas superpuestas, azules en el centro y celestes en los bordes, traicionaba la temperatura del exterior. La nieve, llegada en disfraz de polvo inofensivo, los había sorprendido a la salida de Albuquerque y en algún pliegue de la noche se había soltado la cascada blanca, pesada y constante. La máquina se arrastraba ahora como un tractor sobre la carretera tapizada de hielo. A través de la luna delantera una romería de chispas rojas revelaba, con su radiación difusa en la nevisca, la congestión de la interestatal después de la tormenta.

—Nada que hacer, aquí estaremos sentados hasta mediodía —sentenció el vaquero—. Siempre es igual en esta temporada. Uno sale tarde y nunca sabe cuándo llegará, hasta que llega. Además, esta *rata asmática* no colabora. Ahora es cuando te arrepientes de haberte ahorrado los ochenta dólares que costaba el maldito Greyhound.

—Pues qué… —se quejó el conductor consigo mismo—. Si aquí apenas quitan la nieve cuando se les toca el corazón.

Un oasis blanco, fangoso y obsesivo, lamía la orilla este de las Montañas Rocosas. Un agujero blanco, un escorpión sobre el mapa, disfrutando su momento. Ángel recordaba haber visto aquella masa amenazante en el pronóstico del tiempo. Quizá podría comentarlo con el chofer y el vaquero, pero no se animaba. Se notaba que ninguno de los dos tenía ganas de charlar, sino de ser escuchado. Tal vez ni siquiera eso. El acento del vaquero permitía imaginar las planicies incansables del Panhandle. Horas atrás, cuando había introducido el asunto de las truchas suicidas, Ángel prestó atención a su cantillo texano, aunque sin atreverse a pronunciar palabra. Siempre era así, temía hablar demasiado y que el interlocutor, éste o cualquier otro, terminara interesándose por su propio acento, acabara preguntándole de qué parte de México eres, muchacho, vienes a trabajar o qué, vienes a quitarles lo suyo a mis hermanos, o qué.

—Marzo es el peor mes —musitó—. Nieve mojada y abundante.

—Más al norte puede ser. Aquí enero es el demonio mayor. Pero uno sube cuando debe subirse. Viajas porque tienes que viajar y, cuando empiezan a enterrarte los copos, ya sabes que estás jodido, aunque nunca te dicen hasta cuándo. El autobús no se detendrá a menos que el mismo George Bush se lo ordene. Una vez llegué a Denver a las dos de la tarde. Debía haber estado ahí antes de las siete de la mañana. Esta vez voy de camino a Cheyenne, en Wyoming, para ver a mi hija, la menor. Vengo de El Paso, me viste subir. Tú ya estabas adentro, pero me duele imaginar desde cuándo.

—Subí en Torrecilla. Yo estoy por allá.

—Al otro lado. Claro que sí, Torrecilla; creo que visité una vez. Pueblo tranquilo antes del narco. Seis horas desde J-city. Debes tener los riñones reventados. ¿Trabajas en Denver?

—Mi destino es Boulder.

—¿Boulder? ¿Qué te lleva hasta allá?

—Mi novia. Ella...

—Ya entiendo. ¿Es americana?

—Claro —mintió—. Americana.

El hombre proyectó hacia él su rostro pálido, y sonrió como si quisiera devorarlo.

—No puedo creerlo. Pensé que se habían extinguido: los pendejos, quiero decir. Amigo, estás perdiendo el tiempo. Cualquiera en tu lugar se habría casado ya con ella. Así te evitas estos viajes infernales. Dicen que Boulder es un buen rincón. Además, si vive allá... su cuenta bancaria debe verse bien.

Ángel no agradeció el consejo, pero se forzó a asentir.

—Cuántos camiones —volvió a quejarse el chofer—. Si hasta parece que estuvieran regalando cosas.

El vaquero hizo un mohín de disgusto, volteó la cabeza y pareció hundirse en el sueño. Ángel hizo lo mismo, pero sabía que era imposible dormir más. Al pegar la barbilla contra su pecho lo golpeó la vaharada rancia de su propia chompa, que no se había cambiado en días. Sintió frío, lo cual era una buena noticia: había recuperado la sensibilidad. Rebuscó en el bolsillo del asiento, encontró los guantes. Sólo al mover las manos descubrió que las traía engarrotadas. Insultando a cada uno de sus huesos, se incorporó para orinar. Crearía un arroyo, sangraría aliviado todas las gaseosas de aquella larga ruta. Tuvo que levantar las piernas —como una garza borracha, pensó— para sortear los torsos de los pasajeros que dormitaban atravesados a lo largo del pasillo.

2

Ángel caminó hasta la cafetería Pino's Rest Area, una parada usual del Expreso Chihuahueño. Tuvo que hacer cola para comprar un vaso de café caliente, un burrito con salsa verde y un kit dental. Escogió una de las mesas de plástico rojo y desayunó observando el panorama que le ofrecía el ventanal. La planicie recubierta de escarcha rodaba sin sobresaltos hacia el este. Mirando al norte, a unos cincuenta kilómetros de distancia, se alcanzaban a distinguir las siluetas grises de los rascacielos de Denver: garras de plata clavadas en la tierra muerta. Reconoció el edificio Wells Fargo, su cima como una caja registradora. Si uno forzaba las pupilas, esas construcciones llegaban a sugerir los vértigos de un castillo perdido en la pampa. Pero esta visión había llegado a ser una costumbre de sus llegadas, en los distintos viajes que había realizado en los últimos tiempos, y ya no excitaba su imaginación como lo había hecho la primera vez que visitó a su novia, la *americana*. Apenas podía recordarle que aún faltaba más de una hora para llegar a Denver, donde había que abordar un segundo autobús que lo dejaría finalmente en aquella presumida ciudad universitaria, decorada con tulipanes psicodélicos y estatuas de zorros y osos, que alguna vez había sido el hogar del escritor Stephen King.

3

De vuelta en el autobús observó que faltaban varios pasajeros. Era raro y hasta algo preocupante que hubieran elegido quedarse en esa gasolinera misántropa, con espíritu de pulpería. No sabía de ningún centro poblado en los alrededores que pudiera atraer visitantes. Ángel sintió compasión por el destino de los viajeros anónimos que se quedaban atrás: paisanos de rumbo incierto que, hermanos suyos en la desdicha, no podían pagarse un pasaje de avión. Faltaba asimismo el tipo del sombrero negro: ¿pero no le había dicho que…? Al instante se olvidó de ellos y se dedicó a revisar las fotografías de Torrecilla, su transitorio hogar, que traía guardadas en la cámara.

No eran demasiadas. Llevaba unos tres meses en aquella ciudad del norte, pero apenas podía ostentar la desganada cosecha de quince imágenes: las únicas que no se había decidido a borrar, pues constituían la prueba numérica de su raquítico estado interior. Un desierto borroso, erizado de predecibles cactus, se alejaba hacia una sierra aplastada bajo un cielo desteñido. El Cristo de las Noas, pálido varón de brazos caídos, se aburría sobre un cerro anodino que podría hallarse en cualquier rincón de América. El reloj de la torre de la plaza de armas marcaba una hora ilegible, interminable. Casi no aparecían seres humanos, solo unas cuantas figuras solitarias, estoicas, coágulos momentáneos de la existencia provinciana. ¿Dónde estaban los narcos que cortaban cabezas, los políticos corruptos, los familiares llorosos de las víctimas? Pensó que cualquier turista despierto podría armarse un álbum más vivo, potente y real que el suyo, en un solo fin de semana. Eso era lo que reclamaba el público: más potencia, fuerza sin control y vida pura derramándose de las imágenes. El problema era la pobreza de sus fotos y, en especial, el ojo gacho del fotógrafo, cronista incompetente de un lugar que jamás le habría interesado si no hubiera sido por Serena.

Por ella estaba en México. ¿Por qué Torrecilla? Se había instalado allá con la esperanza de irrumpir en el corazón de la violenta noche mexicana, con la ilusión de convertir la marea de noticias truculentas que cruzaban la frontera en un batallón de espectros nítidos capaces de desfilar ante los ojos del espectador, revelándole como jamás nadie lo había hecho la miseria y la tragedia de una realidad desconocida y próxima. Como un corresponsal de guerra o algo así; mientras más cerca del estereotipo, mejor. Su misión no admitía dudas ni murmuraciones. El punto ciego de todo aquel negocio era que él no estaba viviendo en Torrecilla porque deseara ser un fotógrafo, y menos uno de guerra, sino porque Serena había *sugerido enfáticamente* que el único remedio para sus males sería alejarse de la imaginación, detener el melodrama estridente, colarse en las arterias del mundo. Sólo así correría el riesgo de madurar de una vez por todas.

Alguna vez ella había descubierto unas fotos suyas, tomadas cuando aún eran estudiantes y vivían juntos en Boulder, y se le había metido en la cabeza que tenía «buena pupila». Debía explotar ese talento para crecer. El método sería transformar la armadura de su espíritu en una membrana híper sensible, dispuesta a engullir criaturas y a registrarlas para la posteridad. Era la idea, pero no la suya sino la de Serena. Como para dar crédito a los pronósticos, puesto que desde el principio de la relación Ángel había sospechado que ella ejercería sobre él una influencia pesada, devota y minuciosa, cuya meta final sería reformarlo como persona. Retorcer su alma para ver si así, por casualidad, la enderezaba. Refundarla y reconstruirla como si fuera, paradójica juventud la suya, una precoz ciudad en ruinas: piedra por piedra, morador por morador, sollozo por sollozo. Obsequiarle un nuevo norte, sólido y verdadero, que por alguna razón inalcanzable se localizaba en el norte de México. De paso, claro está, no estaría de más ayudar a acortar la diferencia de tres largos años, generatriz de discordias, que se agrietaba entre ellos y parecía convertir a Serena, en virtud de sus treinta cumplidos, en la única dueña del significado de la madurez. Así que ahora, cuando le enseñara las escuálidas fotos que había tomado en Torrecilla, ella podría reaccionar, comentar, gesticular desde el poder. Desde una metrópoli que respiraba ansiedad.

4

O tal vez no. Tal vez no reaccionaría desde el poder ni la ansiedad, sino desde una indiferencia festiva, diplomática, terminal: alzando los hombros, mostrándole las palmas y diciéndole lo siento, no recuerdo, ¿fui yo quien te dijo que eras bueno para las fotitos? Ya no tenía caso. Debía recordarse a cada momento que, si alguna razón había para esta venida a Boulder, esa razón era la clausura de todas las demás razones. Había que terminar. Romper, decirse adiós. Así se lo había pedido ella por teléfono algunas noches atrás, le había hablado de estaciones y temporadas, de ciclos naturales y órbitas planetarias, fingiendo que hallaba sentido en esa abundancia de palabras, y al despedirse lo había invitado a Boulder para verse por última vez, discutir lo discutible y sellar una amistad: es decir, para terminar bien. Terminar bien o, la memoria lo traicionaba, acabar bonito como solía acabar ella, temblando entera, apresándolo sin miedo a nada y castigando su espalda con todas las uñas. No siempre era así, por supuesto.

Esa noche, concluido el largo viaje, Ángel pensó en la mezquindad de los Estados Unidos, en la petulancia de Boulder y en la pobreza de su vida sexual mientras tenía a Serena frente a él, encaramada sobre su bajo vientre, exhausta y desconcertada, como si no se encontraran en esa pequeña ciudad sino en varios otros lugares a la vez, cada cual más exótico y sorprendente. Quizá se tratara del último lugar, peligrosamente similar al primero: un espejismo sádico cuya función era tatuar recuerdos en el hueso. La piel tostada de su barriga se veía lustrosa pero él ya no podía codiciarla como antes, hasta el delirio. Serena se destrabó, se acomodó sobre sus propias rodillas y avanzó un poco hasta ponerse sobre su barriga. Entonces él sintió el huevo tibio, el chorrito de gel que resbaló desde la vagina y aterrizó sobre su piel: un copo de nieve, el primero del temporal. El hálito de su cuerpo esbelto permaneció rodeándolo incluso después de que Serena se hubiera puesto de pie para acercarse al baño.

Ángel se levantó del futón. La oscuridad tenía un solo defecto: la lámpara de lava arrojaba un fulgor celeste. Pasó frente a la ventana y avistó fugazmente, pero no vio a ninguno de los patos centinelas que a esas horas estarían refugiados entre los juncos de la laguna. Entró a la habitación, se dejó caer sobre la cama. Al rato ella se le unió, se deslizó a su costado y trenzaron las piernas. Permanecieron así, sin hablar. Era lo único que podían hacer y era, también, un suicidio por omisión. Serena debió de percibir que los esporádicos bufidos del chico delataban un proyecto amordazado. Él descartó varias veces la posibilidad de desvelar su último recurso, que obedecía a las premisas de perseguir y destruir. ¿Qué era lo que debía cambiar en sí mismo para que ella accediera a prolongar la relación, a concederle una muerte más lenta y amable? No importaba cuán profundo se escondiera el tumor, él llegaría hasta la médula y lo pulverizaría. Su voluntad era un misil teledirigido por la necesidad de agonizar sin término. Había hecho cosas más difíciles, también más estúpidas. Pensándolo bien, no sería nada complicado detectar al intruso, coger la cámara y perseguirlo por las callejuelas de Torrecilla, seguirle la pista por más veloz que el intruso fuera y acorralarlo frente a un paredón para dispararle sin piedad y congelar su alma. Mandarla, ahí nomás, al infierno. Podría funcionar, era posible, si lo intentaban una vez más. Considerándolo en frío, todo saldría mal, pero el fracaso garantizaba la supervivencia, más allá de un absurdo noviazgo, de algún vínculo innombrable entre los dos.

Él deseaba resistir. De otro modo no quedaría rincón alguno donde guardar la fe. *Porque tú me habías tenido fe*, en algún momento y algún lugar, y por eso te animaste a construir aquel ridículo Santuario de las Transformaciones que anidaba en una esquina del departamento. En una mesita que fungía de altar, *mi* Serena, sus ojos brillando como llamas negras, había edificado, a lo largo de una tarde de vino y carcajadas, una maqueta amarillenta como se suponía que tendría que ser el desierto mexicano. En ella había varias casitas hechas con palitos de helado, bien pintados y pegados. Allí, entre las casuchas de la barriada, habías colocado a los muñequitos, todos cosidos por ti misma con retazos de tela y lanas de colores. Era imposible no reconocer a los narcos armados con metralletas de cartón, a los terratenientes de látigo, bigote y sombrero, a las beatas con diminutas lágrimas de perla que rodaban por sus mejillas. Sin duda era más perfecto y necesario que el México de allá abajo, el de allá afuera. La cámara que mi muñeco sujetaba era verosímil, parecía una piedrecita de ónix con la que yo me pavoneaba ante el mundo, un trofeo que certificaba el valor de mis vísceras: tripas de extranjero legal, pero extraño como el que más. Era así, ¿ya no te acuerdas?

5

Cómo olvidarlo, y cómo olvidar la última vez que estuvo en Boulder. El hecho había ocurrido semanas atrás. Una vez que hubo pasado y volvieron a hablar, Serena lo confrontó: esas cosas sucedían porque actuabas sin avisar, imponiendo tu deseo autista. Imposible no imponerlo, tomando en cuenta que su misma forma de desear padecía un autismo severo, orgulloso y avergonzado al mismo tiempo. Una tarde de sábado en la que su ansiedad habitual se negaba a aminorar, Ángel compró una botella de whisky y tomó el bus nocturno. No deseaba embarcarse, era consciente de la inutilidad y el ridículo, pero acudió puntualmente a la Estación de Torrecilla. No había escrito ningún mensaje para alertar a Serena de su irrupción, menos aún se le habría ocurrido llamarla: si hubiera cometido ese error, ella habría recurrido a la amenaza conocida: viniendo para acá solamente conseguirás que lo que más temes se convierta en realidad. Producirás lo que buscas evitar, transferirás toda la fuerza del remedio al mal.

¿Qué buscaba? Nada preciso, tan sólo estar cerca. Pasó la noche en vela, echándose sorbos furtivos para domar el deseo de perderse en el desierto. El alcohol le ofrecía una presencia, una compañía más cálida que la humana. Se presentó en el departamento de Serena a las siete de la mañana. Se apostó cerca de la escalera, aguardando que ella saliera para abordarla. Sabía que si tocaba la puerta se negaría a abrirle. Preferible esperar cuanto hiciera falta, adivinar el ruido de los pasos al interior del recinto, dejar madurar el instante. Había que pulir al máximo las circunstancias del encuentro. El instante llegaría cuando Serena salió cargando una canasta de ropa. Su mirada no reveló sorpresa, sólo una confirmación íntima. La decepción no formaba parte de su malestar. Pasó de largo, amenazándolo vagamente con llamar a alguien; no dijo a quién, pero Ángel pensó en la policía. No sintió miedo: quizá fuera lo mejor. Lo encerrarían por patético, lo condenarían por despreciable. Ella se dejó seguir, sin atender a sus justificaciones, hasta la lavandería. Clavado afuera, desde la ventana, la vio hacer, la contempló con adoración: alimentar el vientre de la máquina, verter el detergente, introducir las monedas. Entonces se fijó, sin darle importancia, en que algunas prendas blancas tenían manchas rojas, enormes manchones oscuros como un revoltijo de murciélagos. ¿Una jornada de pintura? La verdad, lo sabía bien, era menos artística.

Cuando ella terminó hicieron en silencio el trayecto de vuelta al departamento. Serena musitó que más tarde saldría a patinar a orillas del río y que esperaba no verlo allí a su vuelta, pues de lo contrario se vería obligada a hacer esa llamada. No quería arruinarle el futuro. Ángel permaneció deambulando por los suburbios, esperando la partida del bus que lo devolvería a México. Fueron horas: ahora recuerda que el estilo del tiempo para encadenarse a su alrededor le proporcionó un concepto nuevo de la aridez.

6

Esta vez había sido convocado. A la mañana siguiente descubrió, con extrañeza y felicidad absolutas, que Serena le había preparado el desayuno. Una ensalada de fresas y kiwi, un sándwich de jamón y pimientos, tres galletas de avena y una taza de café con leche lo esperaban sobre la mesita japonesa. Podía contar con los dedos de una mano las veces en que su novia le había preparado alguna merienda. Desayunaron arrodillados frente a frente, escuchando un disco de Vinicius Cantuaria. Poco antes de las ocho, mientras sonaba *Sutis diferenças*, ella salió a trotar como cada mañana. Al volver quería verlo bañado y cambiado para salir, pues habían acordado que la acompañaría a *trabajar*.

Cada vez que Serena mencionaba su trabajo, o algo que guardase relación con la esfera del sudor, la disciplina y el dinero, Ángel esbozaba una sonrisa sarcástica que al instante procuraba disimular. ¿Tú, trabajar? ¿A quién intentas embaucar, preciosa? Alguna vez se había lanzado a bromear sobre el asunto y solo había conseguido despertar la furia de su novia, cebada por la vergüenza de saberse descubierta. La innoble verdad era que Serena no necesitaba trabajar ya que su padre, un empresario agroexportador, le enviaba desde Lima una cantidad mensual para sus gastos. Dicho de modo más vulgar, los espárragos blancos cultivados, envasados y distribuidos por su padre, que se vendían en muchos países del mundo, le llenaban el buche a la hija única del potentado, el patriarca de los florecientes desiertos peruanos. El resto del dinero, destinado a los gastos que papá llamaba frívolos y ella imaginativos, lo reunía diseñando pósters publicitarios para conciertos. Su última obra exhibía un enorme pulpo fucsia y anunciaba la presentación de la banda Flaming Lips en el Fillmore Auditorium de Denver. Le habían pagado algunos dólares, ella no se cansaba de mencionarle, además de regalarle unas pocas entradas que distribuyó orgullosa entre sus amigos.

Cuando regresó de trotar, Ángel la esperaba listo para acompañarla en su diligencia. Decidieron caminar hasta el centro, donde quedaba la tienda de pósters que le hacía los encargos. Un sol invernal invitaba a salir después de varios días de nevadas. Para llegar a la calle Pearl, un boulevard que los había visto beber incontables cervezas junto a los compañeros del Departamento de Español, tuvieron que atravesar los extensos jardines del campus, salpicados aquí y allá con parches de hielo y ángeles de nieve que al remontar la temperatura se convertirían en charcos. Con vista a un lago con forma de riñón que se congelaba entre diciembre y febrero, el departamento de Serena formaba parte de un complejo habitacional situado dentro de los límites de la Universidad de Colorado. Tres años atrás, en uno de esos edificios de laja rojiza que eran parodias huachafas de villas romanas, se habían conocido ellos dos, ambos aborígenes algo perplejos, ambos limeños recién llegados al país para especializarse en la literatura del Siglo de Oro: él, en la poesía de Villamediana; ella, en el teatro de Lope de Vega. Poco quedaba ya de aquellas inquietudes literarias, restos de un pasado cuyo recuerdo era preferible no atizar. Tanto Ángel como Serena cumplían con celo esa labor de silencio.

Poster Scene era literalmente un callejón sin salida, un recinto estrecho y profundo cuyas paredes de ladrillo lucían coloridos afiches de bandas de indie rock. Mientras Serena negociaba con el dueño del establecimiento, Ángel se fijó en un póster que mostraba la cara de un anciano insólito, un semblante de piel azulada y surcada de arrugas. Los ojos de aquel abuelo parecían extraviados, desenfocados, narcotizados, como si su dueño estuviera soñando despierto. Debajo del póster unos caracteres góticos decían: «Frozen Dead Guy Festival, Nederland, March 4-7». Creía haber oído ese nombre, Nederland, en otra parte, aunque no podía recordar dónde ni cuándo.

—Te vas a morir —lo distrajo Serena, mostrándole los tickets: sonreía—. Dos entradas para Modest Mouse, en el Red Rocks. Fila diez, a un paso del escenario. ¿Vamos?

—Me parece bien. Como tú digas.

Ángel no conocía a ese grupo: ella era la experta.

—Arriba ese ánimo. ¡Son buenísimos! Para que te hagas una idea, hace tiempo, cuando no eran lo que son ahora, los vi tocar en el Boulder Theater. De repente Isaac Brock, el vocalista, se secó el sudor y nos anunció que acababa de sufrir un ataque cardíaco, y que ahora estaba muerto. ¿Cómo diablos hacíamos los denveritas para sobrevivir a tantísimos metros de altura sobre el nivel del mar? No importa, dijo Brock; si ustedes pueden vivir aquí, mi cadáver seguirá tocando hasta caerse. ¿Qué te parece?

—Valiente… —balbuceó Ángel, cazando desesperadamente una observación amable. El comentario de Serena no le había suscitado nada. Esto último, claro está, no podía decírselo.

—Ya sé lo que estás pensando… quejarse de la altura no es nada original. Es un tic de todas las bandas que suben a Colorado. Lo que me gustó de este grupo en particular fue eso de los muertos vivientes que siguen tocando. Cómo formularlo… su aporte está en el gesto de no rehuir, sino de afrontar, el cliché más estéril. Exagerar el lugar común, desfigurarlo, potenciarlo, añadirle un dato nuevo, bailar dando vueltas a su alrededor y mirarlo desde otro ángulo, he ahí lo que me gusta de Modest Mouse. ¿Entiendes?

Almorzaron hamburguesas en una cafetería de la universidad. Serena siguió explicándole la personalidad singular de Modest Mouse mientras Ángel se repetía que esa docilidad, esa ligereza, esa naturalidad, deberían ser propiedades esenciales de lo real. Después del cappuccino dieron un paseo por la orilla del Boulder Creek, así que se demoraron en volver a casa. Ella entró al baño para ducharse mientras él grababa en la computadora sus quince fotos de Torrecilla, que muy poco entusiasmo habían generado. Escuchaba el chorro del agua cuando sintió el ramalazo de lo inevitable. Siguió mirando las fotos un rato más, ignorando la inmersión en el proceso, pero Serena tardaba en salir; en un momento determinado él tuvo que ceder. Avanzó con cautela, empujó la puerta y penetró en el vapor. La silueta se transparentaba detrás de la cortina de sandías. Sin hacer ruido, se quitó toda la ropa y dio unos pasos hacia la ducha.

—¿Qué estás haciendo? —preguntó ella, asomando la cara.

Ángel la esperó afuera. No sabía exactamente lo que haría a continuación, nunca podía saberlo, pese a que las opciones eran siempre limitadas. Apenas tenía conciencia de estar esperándola por alguna razón concreta, oscura y apremiante. Estaba sentado al borde de la cama, observando fijamente la puerta —todavía desnudo—, pero no sentía vergüenza. El sudor nacía de sus axilas y bajaba por sus costillas, dos cascadas gemelas. Ella salió envuelta en una toalla roja; apenas lo vio sentado allí quedó inmóvil. Él se incorporó con aplomo, se le plantó delante y escrutó sus ojos color avellana. Luego bajó la mirada, alzó la mano derecha y la abofeteó sin mucha fuerza.

—Disfrútalo —dijo Serena—: esta será la última vez.

Y se dejó arrastrar como una yegua adormilada.

7

—Primero voy a aclararte ciertas cosas. Si te dije que vinieras hasta acá, después de lo que nos pasó la última vez, no fue para caer en el mismo error. Basta ya de esta historia circular. Contigo me ocurre siempre: soy otra persona. Me desconozco, me desprecio. Tú me cambias, me transformas en alguien que no quiero ser: en la única mujer capaz de funcionar a tu lado. Lo que quiero, *necesito*, es volver a ser yo. Esto se acabó, espero que lo hayas entendido. Lo que se estanca, se pudre y hiede. Ya no sé cómo explicártelo.

—Entiendo. No tienes que repetirlo diez mil veces.

—Intentaré creerte. Ahora presta atención. No quiero que este final sea como los otros; quiero que sea especial. Un final a nuestro estilo. Por eso se me ha ocurrido una idea. El caso quizá ya lo conozcas. Pasó, y en realidad sigue pasando, cerca de aquí, en un lugar llamado Nederland. Se llega en treinta minutos, me sorprende que nunca hayamos ido. Entiendo que hace un siglo había allí una gran mina propiedad de unos holandeses, de ahí el nombre. Es un sitio rural, un pueblito, pero uno distinto: puede que sea la colonia de hippies más grande del país. Te estoy hablando de hippies viejos, de reliquias andantes que por algún motivo decidieron juntarse en ese rincón de las Montañas Rocosas para seguir viviendo como antes. Nederland es su burbuja, su último baluarte, y está muriendo poco a poco. Hoy solo le quedan dos mil habitantes. Como supondrás, su vida es bastante tranquila, pero eso cambió hace poco por culpa de los... *hechos de sangre.*

—¿Hippies asesinos? —sonrió él, pero deshizo la sonrisa: debía mostrarse respetuoso.

—Quizá. El primer cadáver lo encontraron el seis de enero de este año, en un pinar junto al riachuelo que corta en dos a la localidad. Era un vecino conocido, un pobre cartero que, según declararon los pobladores, jamás había tenido ningún altercado con nadie. La muerte había sido provocada por un balazo inapelable, en pleno tercer ojo. Tenía el rostro arañado, como raspado, como si muchas personas —o animales— se hubieran divertido con él. Ahora escucha esto: el cuerpo había sido... preparado. Le habían cercenado el pene y los testículos para luego embutírselos en la boca. El detalle más peculiar, el que ha generado toda clase de especulaciones, es que los genitales no habían sido cortados limpiamente, como podría haberse hecho con un cuchillo bien afilado: de un solo tajo. Ha trascendido que los testículos, en particular, habían sido tironeados, jaloneados, arrancados, usando una herramienta más tosca. Se llegó a decir que a ese hombre lo habían castrado *a mordiscos.* Imagínate eso, por favor. La reacción del público no se hizo esperar. El *Nederland Times* cubrió la noticia como lo habría hecho cualquier periódico del mundo, escandalizándose con la atrocidad y confirmando, para la serenidad de sus lectores, que la policía estaba trabajando para esclarecer el misterio. Por supuesto, la gente no se tranquilizó. Su reacción fue muy *suya*, pero antes de revelártela debes saber que hace poco, el día seis de febrero, ocurrió el segundo asesinato.

—Treinta días después del primero.

—Así es, hace apenas unas semanas. Esta vez la víctima fue un chico que atendía en una tienda de víveres y que, al igual que el cartero, era un *local* anodino. Un don nadie. El modus operandi fue el mismo. Lo encontraron en una de las zonas pobres de Nederland, que son varias y al parecer ni siquiera tienen calles asfaltadas. La reacción del diario fue la misma. Pero una voz alternativa también se dejó oír. Pocos días después del hallazgo del segundo cuerpo, muros, postes y ventanas amanecieron empapelados con carteles que contenían el mensaje de alguien que firmaba con un nombre muy raro: «Misti Layqa, el Ángel de la Justicia». Así mismo, en *quechua*. En Nederland, Colorado. El mensaje anunciaba un evento a ser celebrado un mes después; es decir, los primeros días de marzo. Debes saber que justamente en esos días tiene lugar el festival anual de Nederland; una suerte de carnaval, según entiendo. Hippies de todos los estados del país viajan a Colorado por esas fechas. Los carteles de Misti Layqa le comunican al transeúnte que, durante la celebración de este año, acontecerá algo singular. Este personaje afirma que mantiene cautivo, en algún escondite del pueblo, al mismísimo asesino de los huevos arrancados. Lo capturó por sus propios medios, en circunstancias complicadas de explicar, y está dispuesto a exhibirlo en alguno de los múltiples desfiles callejeros que se organizan con motivo del festival. Piensa en un freak show. Dice, además, que si ha decidido no entregarlo a la policía es porque esos *cerdos infectos* le darían un tratamiento prosaico, una recepción muy poco inspirada, cuando lo más adecuado, desde su punto de vista, es ofrecérselo a todos para que el pueblo, unido, determine el castigo más justo. Claro está, el pueblo sólo podrá juzgarlo y condenarlo una vez que los pormenores del caso sean ventilados; a saber, la técnica empleada para la preparación de los cadáveres, así como los móviles del asesino. Todo se muestra dispuesto a revelarlo nuestro ángel justiciero, quien asegura, además, tener en su poder algunos documentos probatorios. Qué documentos podrían ser, no tengo idea. El mensaje termina invitando a todos y añade que, si bien una promesa como la suya puede despertar suspicacias, la única forma de saber la verdad es estar allí. Pues bien… Nederland no queda lejos, y el festival está a punto de iniciarse. Podríamos alquilar un carro. No perderíamos nada. Por lo menos sería menos aburrido que quedarse aquí, discutiendo sin llegar a ninguna parte.

—Podríamos, sí—dijo Ángel.

8

—Ni se te ocurra esperarme despierto —le había advertido Serena antes de salir: sombras retintas, un vestido fantasmagórico y elevadísimos zapatos de tacón formaban parte del disfraz. Hada nocturna, pensó él. La amiga esa se casaba con algún incauto que pronto sería un desdichado. Se trataba de la chica húngara que siempre había desconfiado de Ángel por razones que empezaban en su imperdonable juventud y terminaban en un odio eterno, así que lo sensato era presentarse a la ceremonia sin parejas incómodas. No importa mucho, él siempre se había aburrido en esta clase de ritos.

Pero no pegó ojo hasta que la sintió llegar. A la mañana siguiente Serena despertó a medias. Un fantasma drogado, dueño de un poderoso aliento etílico, la suplantó durante el desayuno de café negro y barritas de cereal, y flotó, silencioso y displicente, hacia el asiento del auto alquilado. Fue Ángel quien debió pedalear en la vieja bicicleta azul hasta el local, conseguir el Chevrolet Impala negro y volver al hogar, agradecido de haber burlado un ataque cardiaco más que probable. Nadie más que él preparó el equipaje de los viajeros, cargó la maletera y ocupó el sitio del chofer.

Cuando encendió el motor su chica dormía acurrucada bajo una manta, el cuerpo inclinado hacia la ventana y la cabeza apoyada contra el vidrio. Lo evitaba hasta en sueños.

Tomaron la carretera de las montañas. Era la ruta que serpenteaba hacia las alturas de Colorado, la región que justificaba la existencia de un territorio de minas antiguas, reemplazadas hoy por resorts con pistas de esquí, infinitos senderos de *hiking*, circuitos para bicicleta montañera y parques nacionales de gran belleza. Aunque era temprano el primer trecho de la carretera se hallaba tomado ya por casas rodantes, ciclistas trabajando con ira para derrotar la pendiente, escaladores que aparecían de pronto sobre las laderas azafranadas, y familias que habían armado carpas a la vera del Boulder Creek. A medida que subían este arroyo perdía toda su calma y se iba convirtiendo en un torrente. El ascenso fue dramático; atravesaron un túnel excavado en la roca; poco después las curvas se cerraron, los cerros crecieron y el paisaje se cubrió de un denso boscaje de pinos mezclados con esqueletos blancos: los desnudos álamos temblones.

—Amor, estoy prendiendo la calefacción —le informó sin obtener respuesta.

Llegaron a un mirador. Ángel bajó del Impala. El mirador era una lengua de cascajo que contaba con bancas metálicas y un murito de piedra que protegía a los curiosos del vacío. Ocupó una banca, prendió un cigarro y observó el panorama boscoso. Cientos o miles de metros más abajo, en el centro de una sábana verde, se apretaban las casitas de un pueblo en miniatura que debía de ser Nederland. La multitud de paneles solares emitía destellos cegadores, como una lejana galaxia de plata.

Ángel oyó el ruido de la puerta. No miró atrás, pero pudo escuchar los desgarbados pasos de la sonámbula. Serena se dejó caer a su lado y avanzó una mano temblorosa, separando los dedos. Ángel insertó allí el cigarro y le preguntó por el matrimonio.

—Estamos en Ned —informó ella, ignorando la pregunta—. Parece la sierra, ¿no?

En su niñez Ángel había recorrido la Carretera Central camino a Huancayo, y luego había hecho dos viajes al Cuzco. Era verdad que la visión desplegada ante sus ojos lo hacía pensar en *llaqtas* de los Andes, caseríos perdidos en alturas imposibles, pero el verdor que vestía cada palmo de estas quebradas deshacía toda ilusión de peruanidad.

—Lo mismo pensaba yo. Pero faltan demasiadas cosas.

—Yo diría que sobran. Pero esas no las ves, y más bien recuerdas lo que aquí no hay.

Ángel calibró esas palabras y concluyó que la corrección era exacta.

—Me gustaría esquiar un poco —dijo ella—. Si *torcemos* aquí llegamos a Eldora. ¿Vamos?

Él le quitó el cigarro, le dio la última pitada y lanzó el pucho al abismo.

—Me parece bien. Dijiste «torcer», ¿no?

—¿Qué? No sé. Creo que sí, ¿por qué?

—No es nada. Es que me pareció interesante.

9

El mapa de Eldora representaba una montaña pintada de blanco y un laberinto de senderos amarillos, rojos y azules. Después de alquilar el equipo necesario Ángel y Serena se separaron. Ella estudió el mapa para trazar su ruta mientras que él eligió al azar, tomó varios desvíos y no tardó en perderse. El esquí, deporte popularísimo entre los boulderitas, estaba lejos de ser su pasatiempo favorito; cada vez que a Serena se le antojaba practicarlo, él manifestaba su protesta perdiéndose a propósito. Lo único seguro era que estaba ganando altura, pues antes que deslizarse le tocaba remar con ganas, avanzando a duras penas por aquellos corredores orillados de árboles. Cada tanto llegaba a un modesto tobogán y podía alzar los bastones, acomodarlos bajo sus axilas y apretar el cuerpo para dejarse ir. Se cruzó con tres esquiadores profesionales que sí llevaban la indumentaria requerida, elástica y brillante, y escrutaron asombrados su desteñido jean y su casaca gris. Uno de ellos lo vio tropezar y caer de un modo más bien espectacular, rodando fuera de la pista hacia la barrera de arbustos, y hasta se ofreció a rescatarlo. Ángel se incorporó como mejor pudo y, sonriente, le gritó que se encontraba bien.

No debió haber fumado. El aire de la montaña raspaba sus pulmones. Las toscas botas apretaban sus tobillos. Tuvo que detenerse varias veces para descansar sobre piedras frías y troncos caídos. Ya no veía a otros esquiadores. El viento mordía su piel azotándolo con astillas heladas, signo de que había alcanzado una elevación considerable. Serena debía de andar por otras regiones del laberinto pues no se había topado con ella ni una sola vez, aunque en un momento creyó entrever la mancha naranja de su abrigo. El cielo se había ensombrecido y de nuevo empezaba a nevar: copos fugitivos, harina espolvoreada. De pronto se enfrentó a una enorme roca bermeja, solitaria, que cortaba el paso: un verdadero *boulder*. Aquel tenía que ser el final del circuito. Era hora de volver. Suspiró aliviado al pensar que el regreso lo haría de bajada. Volvió sobre sus pasos, proyectó el cuerpo hacia adelante y se deslizó como un cóndor.

Agarró algunas curvas, cogiendo cada vez mayor velocidad hasta frenarse justo delante de un largo tobogán. Allá abajo, bastante lejos, se adivinaba una curva cerrada que era sensato asumir con cuidado. Empuñando fuertemente los bastones, se arrojó al frente. El viento silbaba en sus oídos. Era verdad, estaba deslizándose y era más fácil, incluso más placentero, de lo que hubiera querido reconocer. ¿Qué dirían sus amigos de Lima si lo vieran ahora, convertido en un auténtico Ángel de nieve? Sus amigos de Lima, los únicos que *vivían* de verdad y recordaban como nadie el genuino significado de la amistad. Pensaba en ellos cuando alzó la mirada y, hacia el fondo, lo vio. Un golpe seco de su hombro contra el suelo, una rodada de varios metros, una maldición sofocada por el impacto. Los bastones acabaron en la zanja, una bota se le escapó del pie.

Se levantó jadeando. Se quitó la otra bota. Por fortuna nada le dolía demasiado. Volvió a mirar, receloso y admirado. Ya no estaba allí. Era indudable que lo había visto cruzar, sobreparar un instante *para observarlo a él*, y luego desaparecer tras la curva. Era de estatura baja. Llevaba pantalones oscuros. Una especie de poncho de lana marrón lo cubría hasta más abajo de las rodillas. Lo más singular, lo último que había visto antes de caer, era la prenda que coronaba aquella figurita peregrina. ¿Cómo darle otro nombre? Sólo podía llamársele chullo a ese gorro multicolor, provisto de orejeras lanudas que no le impidieron comprobar la pigmentación cobriza de la piel de su dueño.

Turistas, dijo, poniéndose de pie. La explicación se bosquejó en sus labios con naturalidad, no había razón para buscar otra. Uno de los bastones se había quebrado. Ahora tendría que regresar a pie y, además, pagar una multa. Mientras volvía investigó la espesura, preguntándose si aquel falso hombrecito andino se habría ocultado por allí. ¿Por qué lo buscaba? Quizá para decirle mírame, nada consigues con ese disfraz: aquí mismo, este que ves, este sí es un peruano auténtico.

10

Las calles del pueblo eran pampas de tierra dura que el invierno había mudado en lodazal. En ellas se alineaban las cabañas de troncos con techos a dos aguas, chimeneas humeantes, guirnaldas de carámbanos y montoncitos de leña acumulados en el jardín. La desvaída pintura de las paredes presentaba involuntarias tonalidades pastel: el verde, el amarillo, el celeste, el naranja y el rosado eran los colores elegidos para las casitas que se apiñaban en el centro, alrededor de una minúscula plaza sin árboles llamada Wolf's Tongue Square. Por aquí y por allá surgían los montículos de nieve sucia, deshidratada, compacta. Un hilo de agua corría, moribundo, por las grietas del riachuelo congelado. Una cortísima vía principal, la Calle Uno, ostentaba precarios negocios con nombres pintorescos, de seguro atendidos por sus mismos propietarios: el hostal Libertarian's Inn, el restaurante Wild Mountain Smokehouse, la cafetería Shining Star Cafe, la tienda de comestibles Natural Foods, la galería de arte local Mother Earth, la librería de viejo Iron Feather. Por último, para la sorpresa de ambos recién llegados, una animación general, eufórica, reinaba en las callejuelas del pueblito montañés. Los visitantes se rozaban los hombros en las veredas, pasaban de largo en sus pick-ups, entraban y salían de los comercios. Sus ropas citadinas, sus gorras y polos deportivos con logos de equipos lejanos, los sindicaban como forasteros.

Nederland estaba enclavado en el regazo de un valle profundo, escoltado por colinas que disparaban sus faldas alfombradas de pinos hacia un cielo de un purísimo azul.

—Cuánto movimiento —comentó un nervioso Ángel mientras paseaban por la Calle Uno—. ¿Y toda esta gente dónde va a dormir? ¿Se estarán quedando en otro pueblo?

—¿Te has fijado en que todos son mayores? Motociclistas canosos, rockeros jubilados y astrólogos respetables, disfrazados de sí mismos cuando eran jóvenes. Lo que antes era músculo ahora es grasa, pero igual lo muestran. Las mujeres se conservan mejor, hasta da envidia.

—Son demasiados. Y nosotros, ¿dónde nos quedaremos?

—Cómo se nota que sin mí pasarías tus noches bajo un puente. Hice la reservación hace días. El hotel más antiguo y tradicional de Nederland tendrá el honor de contarnos entre sus huéspedes.

—No estarás hablando del Libertarian's Inn… no sé qué parece.

—Es limpio. Es céntrico. Es barato. Ofrece agua caliente, internet y desayuno gratis, ¿qué más necesitas?

Dejemos las cosas rápido y salgamos a explorar.

—Yo más bien votaría por buscar un restaurante. Demasiado ejercicio en un solo día.

Serena resopló.

—Me hablaron de un sitio. Se llama Óskar Blues.

11

El Óskar Blues quedaba a tres cuadras del Libertarian's Inn, en la misma Calle Uno. A cada lado del portón de madera azul crecía un deshojado arbolillo de molle. Serena y Ángel se sonrieron ante la pareja de guardianes andinos. Adentro la iluminación era mortecina; el sitio en sí, polvoriento. Un fondo musical country entristecía el ambiente. La decoración, pensó él, era divertida y nostálgica. Algunas máquinas de pinball se alineaban contra las paredes, que estaban adornadas con fotografías de músicos como Hank Williams, Johnny Cash y Townes Van Zandt. Habían pintarrajeado las máquinas con aerosoles fosforescentes, sin ganas de trazar figuras sino de atiborrarlas de color, y al parecer todas funcionaban. Una mesera rubia embutida en una ceñida camiseta azul los condujo entre mesas de madera con espumarajos de cerveza y lamparones de aceite, varias de ellas despobladas, hasta una esquina del fondo. Los situó junto a unos barriles de metal que llegaban hasta el techo, todos llenos con la cerveza de la casa. Ordenaron dos botellas, un plato de costillas de cerdo y una ensalada de papas.

Pasearon la mirada entre los comensales. No reinaba aquí la adrenalina de las fiestas. La mayor parte tenía aspecto de vivir en Nederland. Había familias con niños y hombres bebiendo solos. Una mesa larga los separaba de un grupo que se distinguía del resto. Era un trío compuesto por dos chicos jóvenes y un cuarentón pelirrojo. Era rojiza su cabellera, una maraña de hilachas ensortijadas, y también su barba, cerrada y algo canosa. Los jóvenes parecían uniformados con sus jeans sucios, sus polos de color indefinible, verde grisáceo o gris verdoso, y sus gorras pasadas de moda, con rejillas de plástico en la parte trasera: gorras de campesinos, se dijo Ángel. Cuellos rojos de pura cepa.

El hombre mayor era bajo de estatura, presentaba una pancita redonda y puntiaguda, y unos brazos delgadísimos, cadavéricos. Presa de una extraña asociación, Ángel se sintió en presencia de un gran insecto embarazado. No se podía negar que vestía con cierto estilo: camisa de seda color granate, casaca de cuero beige, anteojos de grueso marco negro y lunas ámbar. Una escarcha muy sutil recubría sus hombreras. Este hombre escuchaba; su semblante comunicaba un profundo aburrimiento; era uno de los jóvenes con pinta de granjero quien tenía la palabra.

—*So you like fishing* —lo interrumpió el pelirrojo, animándose—. Así que te gusta pescar.

Ninguno de los dos pudo entender la respuesta del chico. La voz del hombre se oía con claridad porque era grave y armoniosa.

—Yo soy cazador. Salgo una vez al año, quizá dos, a Yellow Jacket. ¿Saben qué me gusta cazar?

Serena le susurró que se fijara en sus platos. Los jóvenes tenían delante dos bandejas excesivas, coronadas por cerros de huesecillos. No había platos ni vasos frente al pelirrojo.

—Hay muchos indios en Yellow Jacket. Indios americanos, sudamericanos, de todas partes.

Los oyentes asentían con entusiasmo y sin dejar de engullir su almuerzo, arrancando trozos de carne con los dedos. El hombre debió de hartarse de que les prestaran más atención a las costillas que a su historia, pues de un instante a otro les dijo:

—Disfruten su comida —y se levantó.

Empezó a caminar hacia la mesa de Ángel y Serena. Indudablemente venía hacia aquí, se aproximaba sonriente, con naturalidad. Ellos bajaron la cabeza, avergonzados, sospechando que se había dado cuenta de que estaban escuchándolo. El hombre jaló una silla libre y, sin pedir permiso, se sentó. En ningún segundo dejó de sonreír, bamboleando sin cesar la cabeza de rulos encarnados.

—Amigos —dijo en buen español—, perdonen la intromisión. Es que los escuché hace un rato y soy bastante curioso. ¿De dónde es su acento?

—Somos peruanos —respondió Serena—. De Lima.

—Entonces han viajado mucho para estar aquí. Bienvenidos a Óskar Blues. ¿Supongo que vienen por el festival?

—Así es. Mi amigo y yo apreciamos mucho la cultura tan especial de este pueblo.

Ángel miró a su chica sorprendido, indignado: ¿de verdad pensaba charlar con este tipo, el cual, animado por ella, ahora se lanzaba en un confuso monólogo sobre las virtudes, tradiciones y secretos de una aldea llamada Nederland?

—…y lo que será mañana, esperemos. Siempre y cuando las malditas autoridades federales nos dejen en paz de una vez por todas.

—¿No los tratan bien? Asombroso. Yo pensaría que la economía del pueblo le debe mucho al festival.

—Aun así quisieran… extirparnos. Hace años que lo vienen intentando. Ahora los supuestos asesinatos son la excusa que necesitaban. Quién sabe si el próximo año haya festival; cada primavera nos fatigamos más. Y, para cerrar el círculo de la injusticia, los que más sufren son esos pastores sudamericanos, traídos hasta aquí como presos de máxima seguridad. No sé si me escucharon hace un rato en la otra mesa.

—¿Qué pastores son esos? —se interesó Ángel.

—¿Quiénes, los *michiq*? Oh, unos miserables. Unas pobres almas desvalidas que nada tienen en esta vida. Llegan a este país con una visa ridícula, gracias a un programa de trabajadores invitados, lo cual significa que no pueden trabajar para ningún otro amo que no sea su anfitrión. Los *sponsors* suelen ser rancheros del estado, que los hay a montones. Ellos los llevan a las alturas, les entregan un par de botas, una caseta de hojalata y un hato de ovejas, y los abandonan a su suerte. Se entiende que los hombres se escapen a las ciudades buscando mejor fortuna. Hay cientos de esos pastores tan sólo en Colorado; quizá miles. No tienen agua corriente ni electricidad en sus covachas; tampoco calefacción, apenas leña. Para ellos la montaña es el universo. Y el patrón es Dios.

—Los pastores, ¿qué tienen que ver con los asesinatos? —inquirió Serena.

—¿Tienen que ver? No lo sé. Estos no son asuntos que interesen a los turistas; por lo tanto, a mí tampoco. Ustedes están aquí para disfrutar, para seguir apreciando nuestra cultura viva. Miren, aquí llega su almuerzo. Que lo disfruten, son las mejores costillas de Nederland y yo me atrevería a asegurar que de todo el condado. *Don't quote me on that*. Ahora los dejo. Si se les ofrece algo, cualquier cosa, mi nombre es Óskar Blues, para servirles.

12

—Simpático —musitó Ángel mientras recorrían el centro—. ¿No?

—Solo estaba siendo amable. Quisiera saber de dónde es, ¿no te pareció rara la facha que se maneja? ¿Y ese español perfecto, mejor que el tuyo y el mío? Además, lo de los pastores es intrigante. ¿Te imaginas que fueran peruanos?

—La verdad, no me importa en lo más mínimo.

Serena permaneció callada durante largos minutos. Sin darse cuenta habían llegado al final de la Calle Uno, se habían internado por una trocha y ahora veían de cerca el resplandor del lago congelado.

—No estaría de más volver más tarde. Para investigar, digo.

—Irás sola. No tengo el menor deseo de volverlo a ver a *ése*.

—Como quieras, Ángel. Pero creo que deberíamos aprovechar el tiempo.

Llegaron a la orilla. Avanzaron sin temor sobre la capa de hielo. De pronto se detuvieron, presas de un temor súbito. Un viento castigador empezaba a bajar de las montañas.

—Perdona si te incomodé —dijo él—. No era mi intención.

—Estás temblando. Debiste traer los guantes. ¿Regresamos?

13

Esa tarde Serena salió sola. Se escabulló a eso de las cuatro, como el sol, que fue apagándose detrás de la cordillera hasta que anocheció. En todo ese tiempo Ángel casi no se movió de la cama del Libertarian's Inn. Por las ventanas se colaba el rumor de la Calle Uno. Una abigarrada procesión parecía envolver el hotel, pero él no tenía intención de unirse a los festejos. Ciertos recuerdos lo estaban visitando. Alguna vez Serena le había contado acerca de un antiguo novio que tenía un tatuaje singular en la espalda: un enorme cactus azul, un saguaro. Cada uno de sus erizados brazos, que eran numerosos, ostentaba el nombre de una novia perdida. Cuando pensaba en aquel monstruo imaginario una vaga necesidad de pelear espoleaba su sangre. De rato en rato apretaba los puños, preparándose; entonces cerraba los ojos y se veía a sí mismo como un chico inerme, un fanfarrón a punto de ser reventado por una turbamulta de espinas.

El ruido de la cerradura lo sobresaltó. El reloj de la mesita de noche daba las once y veinte. Ella entró sin saludar, pasando de largo para refugiarse en el baño. A través del espejo pudo ver la camiseta blanca, sin mangas, con la que había salido. La usaba para todo, en cualquier estación.

El frío no era obstáculo para sus escapadas. Sin asombro comprobó que la sangre brotaba de sus fosas nasales, bajaba por los labios y coloreaba el mentón, embadurnando su cuello y alcanzando la camiseta, donde había creado un mapa púrpura. Mientras tanto ella intentaba lavarse, pero su esfuerzo era inútil. El agua extendió el mapa, estiró el territorio, sumando un tercer líquido a la sangre y al sudor. Momentos después volvió al cuarto. Se detuvo al pie de la cama. Respiraba en paz, como ausente. La sangre brotaba de nuevo: unas gotas cayeron al piso.

14

—Alquilé una bici. La tierra estaba dura, había ese hielo traicionero que no se ve. Lo raro es que no me resbalé ni nada. Estaba volviendo y de pronto, sin razón, me empezó a sangrar la nariz. Es absurdo: por un instante pensé que me había agarrado el *soroche*, ¿puedes creerlo?

—Quizá. Nederland está a dos mil quinientos metros de altura. ¿Viste a Óskar?

Serena se sentó en el borde de la cama y, por fin, le prestó atención. Parecía estar regresando de un país muy distante.

—También, sí. A Blues le encanta ser escuchado. Aunque no lo parezca, es bastante culto; dice que estudió una maestría en Literatura Española en Boulder. En los años ochenta, su otra vida. De manera que vendría a ser un compañero nuestro, una especie de predecesor. No me contó ningún secreto trascendental, si es lo que esperas, pero sí una historia que quizá sirva para enmarcar otra cosa. Algo que nos falta descubrir.

15

—Por fin me enteré de qué va el festival de Nederland. Es una celebración que se sale de lo corriente, eso ya lo sospechábamos, pero ignorábamos *cuánto*. Todo empezó hace años con la aparición de un forastero. Era un hombre joven, no mayor que tú ahora, que se expresaba en un español sin raíces, difícil de localizar en el mapa. Al principio nadie supo de dónde venía, pero estaban seguros de que no podía ser mexicano: de esos hay muchos y ni ellos mismos lo ubicaban. Lo acompañaba su padre, que llegaba en condiciones inusuales, por decirlo de alguna manera. En pocas palabras, el anciano, o parte de él, llegó en un ataúd. Había muerto tiempo atrás. Era, sin embargo, una de esas personas que no se dejan engañar por la mentira de que la muerte es el fin de todas las cosas, y, para demostrárselo al mundo, antes de irse le había comunicado al hijo su último deseo, un deseo relacionado con el futuro de su cuerpo. Apenas abandonara este mundo su cabeza tendría que ser congelada a una temperatura antártica, conservándola así a salvo de la corrupción. La esperanza era que los científicos del porvenir dispondrían de los conocimientos necesarios para reanimar el cerebro intacto. Como sabrás, esta práctica, que solemos asociar con millonarios delirantes, se llama criopreservación.

Nada más en Estados Unidos existen varias compañías perfectamente serias que se dedican a ofrecer estos servicios, empleando en ellos tecnología de punta. Esos estafadores usan nitrógeno líquido para preservar el tejido cerebral, pero no me preguntes más detalles porque Óskar no es ningún *rocket scientist*, como él mismo dijo. Así trabajan los profesionales; lamentablemente, el forastero y su padre no contaban con los medios para acceder a ellos. Eran gente modesta, aunque llena de imaginación. Dicen que el hijo tuvo una idea; se le ocurrió *cortar*, con un cuchillo de cocina, la cabeza del viejo, envolverla en un paño de seda y meterla en una caja con hielo seco. Era una solución casera, folklórica si se quiere, pero serviría de momento: hasta que ambos llegaran a este país, donde el hombre tenía previsto recurrir a los medios para apelar a la bondad de los americanos. En su caso había emoción, y también un excéntrico amor filial, pero más allá de la abnegación había aventura, sobre todo en lo relacionado a la inexplicable hazaña de burlar los controles de migración portando una cabeza congelada como equipaje de mano. Ese era el plan; en California, su primer destino, pasaron cuatro meses sin que ninguna cadena de televisión ni estación de radio se interesara. El extranjero recaló en un club nocturno donde contaba su historia, pero su presentación no era recibida como una conmovedora desgracia de la vida real, sino como un número cómico. Pronto tuvo que abandonar Sacramento para probar suerte en la segunda capital americana de la criónica: yo tampoco lo sabía, pero estamos hablando de Denver, Colorado. Algún pícaro debió de jugarle una broma pesada, pues se convenció de que el único paraíso donde podría coronar su proyecto era Nederland. Ya te habrás dado cuenta, espero, de que la frase «tecnología de punta» y Nederland no tienen ninguna relación. Si el iluso esperaba encontrar aquí una empresa caritativa que pudiera darle a su padre el tratamiento que se merecía, ofrecerle una existencia post mortem más profesional y menos riesgosa, sólo se debía a su ignorancia. Lo que por suerte sí encontró, y sin haberla buscado, fue una comunidad liberal, abierta y quizá demasiado receptiva a la siempre asombrosa diversidad humana. Aquí fue cobijado. La fábula del hijo que viaja desde algún lugar del mundo hispánico para salvar a su padre caló en los corazones locales. Cada vecino que llegaba a conocerlo se convertía, casi automáticamente, en un amigo y en un donante. De golpe el forastero se vio convertido en una pequeña leyenda, un héroe del distrito. Incluso las autoridades se compadecieron de su situación y decidieron no intervenir, a pesar de que la posesión de una cabeza fría en propiedad privada es, o debería ser, un delito. Lejos de eso, lo que se creó fue una especie de *institución*. Cierto día un grupo de vecinos notables se le acercó con una propuesta que fue incapaz de rechazar: utilizar su caso como una inspiración y como un leitmotif para renovar el alicaído festival anual de Nederland, que había visto sus días más gloriosos en los años setenta. Un porcentaje de los fondos reunidos se iría acumulando año tras año en una cuenta con la finalidad de amasar la astronómica cifra requerida para criogenizar al padre. El tipo aceptó y el resto es historia. Fue así como nació el ya mítico Frozen Dead Guy Festival, que cada año logra congregar a más y más visitantes. Hay distintos eventos programados, como concursos de disfraces, carreras de trineos, bailes de máscaras, el desfile que ya conocemos y partidos de béisbol con salmones congelados, aunque el evento capital es la aparición, en vivo y en directo, del mismísimo Hombre Muerto y Congelado, que ocurre la última noche, nadie sabe exactamente dónde ni a qué hora. Es decir, estamos hablando de la noche en la que promete aparecer Misti Layqa, no para mostrar la cabeza de su progenitor sino a otro monstruo más interesante: el asesino de los huevos arrancados. Si me has seguido hasta aquí te estarás preguntando lo mismo que yo: ¿una competencia de freaks luchando por seducir al público? No lo descartemos. En fin, me cansé de hablar. Ahora me gustaría escuchar tus impresiones.

16

Ángel se puso de pie y caminó con lentitud, estudiando sus propios pasos, hacia el minibar. Sólo se animó a hablar después de haber sacado una botella medio vacía de vino tinto.

—Qué se puede decir frente a algo así. Ya sabes que tu amigo Óskar no me da buena espina. Supongo que dentro de tres días conoceremos la verdad. Por ahora algo me inquieta. ¿No se sabe más de ese forastero? ¿Quién es, de dónde venía? Imagino que continúa en el área.

Se echó un trago de vino. Ella hundió el mentón, inmersa en sus meditaciones.

—Es huraño como las celebridades, se dice. Óskar se lo encontró una vez, hace años, y conversaron un poco. El departamento que supuestamente alquiló al llegar está abandonado. Nadie sabe dónde guarda la cabeza, que sólo deja ver una vez cada año, y por instantes, durante el festival. Nadie sabe si se trata efectivamente de una *uma* de verdad. Tampoco le dan importancia a eso. A estas alturas lo que sobrevive es la leyenda.

—¿Cómo así habla español? Alguna teoría manejará tu informante.

—Aquí es donde empiezan las coincidencias absurdas. Según Óskar, esa única vez que hablaron fue de madrugada, en un bar. El detalle que más le chocó fue su acento. Su modo tan insólito, tan poco mexicano, de hablar. Claro que le preguntó de dónde era; el hombre respondió con evasivas. El misterio de su procedencia lo ha intrigado desde entonces. Fue necesario esperar mucho hasta dar con la respuesta. Para ser más exacta, fue necesario esperar hasta hoy. Después de charlar un buen rato conmigo, la sospecha que Óskar había concebido más temprano, cuando se sentó a nuestra mesa, pudo ser confirmada. Desde ahora Blues vivirá para siempre seguro de que aquel sujeto, que tan importante ha sido para su negocio, no es ni más ni menos que…

—Un peruano como nosotros.

—Brillante deducción —rió Serena—. ¿Me invitas de tu vino?

17

La música se largó a las seis de la mañana. El golpeteo de un techno infernal, dispuesto por algún huésped del Libertarian's Inn a modo de despertador, remeció las estructuras de madera. El primer sentimiento que invadió el pecho de Ángel fue una rabia asesina que se cuidó muy bien de ocultar. Era apenas su segundo día en el lugar y, si deseaba mantener el armisticio con Serena, sólo cabía fingir entusiasmo y buen humor. No más rabietas hoy, ya te habías arriesgado bastante con el brote de celos de ayer, ¿verdad? No se movió, esperando que ella tomara la iniciativa. Así ocurrió cuando, a los pocos minutos de desatada la música, se levantó de un salto y se metió en el baño. El chubasco de la ducha fue breve, apenas un latigazo. Emergió acorazada por una nube de vapor y se sentó en el sofá con una libretita sobre el regazo. Ángel la espió por el rabillo del ojo mientras le escribía la nota. La vio incorporarse, acostar el papelito al borde de la cama y jalar su casaca del perchero antes de abandonar el cuarto.

La oscuridad iba cediendo. Un borde azulado permitía distinguir las formas de los muebles. Aguardó unos segundos para ponerse de pie y leer la nota de Serena:

Seis. Te dejé dormido. Yo no dormí nada. El peruano muerto y congelado, los pastores andinos, el Misti vengador, los asesinatos. Cuántas piezas. Hoy debo establecer alguna conexión. Si quiero conciliar el sueño esta noche tengo que volver con algo que contar. A todo esto, tú sigues durmiendo la resaca, a pesar de esta bulla maldita. Pobre, pídete un buen desayuno. No te apures, dudo que me veas la cara en todo el día. Aprovecha para salir y hacer lo tuyo, algunas fotos no vendrían mal.

Obedeció. Después de cambiarse bajó al primer piso y desayunó con apetito. El comedor reventaba de comensales que charlaban sin tregua. Serena tenía buen ojo: había muchos viejos que deseaban aparentar juventud, fracasando miserablemente. Conversaban de pie, conversaban sentados, conversaban cargando platos de huevos rancheros. Sin razón aparente abandonaban a sus interlocutores, caminaban un poco y se entrometían en cualquier otra conversación. Era fácil darse cuenta de que un tema único las enlazaba a todas: el festival. Serena no hubiera desentonado entre aquella concurrencia entusiasta, amante de la rareza. No podía comprenderlos, ¿qué le veían a un lugar como Nederland? Ángel comió en silencio, mortalmente aburrido del espíritu reinante.

Afuera el panorama no era más alentador. La callecita principal hervía de turistas recién vomitados por sus alojamientos. Hablaban a gritos, gesticulaban, ocupaban las veredas y tomaban parte de la estrecha pista. A pesar de la hora los cafés y los bares ya estaban abiertos y sus terrazas rebosaban de visitantes que apuraban la última taza de café, o bien la primera cerveza del día. Una caravana de automóviles, motocicletas y hasta un *tanque de guerra*, todos con los faros prendidos, surcaba la escena en cámara lenta, como si quisiera alargar al máximo el fugaz paso por aquellas cuadras. Los conductores tocaban la bocina y sacaban las manos para saludar vigorosamente. Ángel pensó que aquel espectáculo se parecía demasiado al que ofrecían las calles de Boulder a las dos de la mañana, el momento exacto en que los bares expulsaban a los clientes y cerraban sus paraísos. Entonces una marea de adolescentes enardecidos lavaba la ciudad, una multitud suspendida entre la algarabía residual por el alcohol recién consumido y la frustración creciente ante la perspectiva de su falta.

Fastidiado, se abrió paso entre la multitud. El aroma de la marihuana le daba náuseas. Como en una película de los ochenta algunos nostálgicos, cabía suponer que los más jóvenes, cargaban sobre el hombro antiguos estéreos de parlantes cromados. Para dejarlos atrás hubiera sido necesario encontrar una calle lateral, algún rincón seguro donde pudiera haberse replegado la calma pueblerina. Dobló por una esquina que desembocaba en una vía más despejada, cercada por edificios de ladrillo de tres y hasta cuatro pisos. Ostentaban placas metálicas con fechas de finales del siglo diecinueve. Un letrero de neón azul ponía Lyons Hotel. Tenía una terraza que podía estar desocupada.

Ingresó al lobby, una sala enchapada en caoba, y buscó las escaleras. En efecto, no había nadie en la terraza, que contaba con sombrillas de palmeras hawaianas. Las mesas presentaban platos sucios y tazas medio vacías, huellas de un desayuno recién concluido. Ángel jaló una poltrona hasta el borde de la terraza. Desde ahí podía seguir el movimiento de la calle. Abajo, alineados en la vereda de enfrente, había tres Jeeps del mismo modelo que se diferenciaban por el color: rojo, azul y amarillo. Si alzaba la vista alcanzaba a ver las cumbres de la herradura pétrea que encerraba a Nederland. Un resplandor naranja encendía las vetas de nieve. Imaginó que si esperaba allí el tiempo suficiente, amurallado en un oasis que los demás habían desdeñado, pronto la luz inundaría el aire y mataría con su blancura todos los ruidos del exterior.

No supiste en qué momento cayeron tus párpados. Los pedales, guantes para tus pies, te estaban esperando. Era fácil empujarlos, hacerlos girar; ellos cedían una y otra vez, con maravillosa docilidad, y el viento acariciaba tu frente mientras los pinos desfilaban por los costados. Te costó muy poco darle alcance. La tenías adelante, pedaleando con fuerza, jadeando más que tú, cada vez más cerca. Su cabello negro flotaba en el aire y su cuerpo menudo generaba una energía sorprendente, pero le era difícil avanzar pues la cuesta se hacía más y más empinada. Para ti era tan sencillo, en cambio, como separar una mano del timón y coger las trenzas ondulantes: *simpakuna*, les decías. Por alguna razón a ella no se le ocurría doblar, perseveraba entre los pinos hasta que el viento aflojaba y ahora se desplazaba a pie, corriendo sobre una ladera verde. Tú cobijabas una duda, algo vinculado con el futuro de tu cuerpo, pero seguías atado a la persecución que te devoraba, consumía tu alma y fingía ser tú. Sería inevitable subir los escalones, empujar una puerta y darse con Serena de espaldas contra la pared, acorralada, los puños apretados, el cabello enmarañado, los ojos como dos llamas de oscuro rencor. Se lanzaría a golpearte como si fueras enorme y lejano, viajarían hacia ti sus puños ya no apretados sino abriéndose y prendiéndose de tu camisa, aferrándose hasta desgarrarla y quedar ella de rodillas, un trozo de tela entre los dedos. Su rostro temblaría, sacudido por una violencia que no provendría de ustedes dos. Esa violencia se había acumulado durante la persecución, como una tercera silueta o un hijo de sombras que, después de ganar carne y forma, acosaba incansable a sus padres.

18

Cuando abrió los ojos una luz hiriente, hecha de magnesio fulgurante, colmaba el espacio. El súbito rumor de motores lo había despertado. Un mozo que llevaba una bandeja se ocupaba de levantar los trastos. Ángel se puso de pie, se apoyó en la baranda. Abajo el tumulto se había disipado. De vez en cuando un auto solitario cruzaba la vía. Los tres Jeeps continuaban estacionados, pero ya no estaban solos. Sus motores ronroneaban. Junto a las máquinas un grupo de personas conversaba en la vereda; eran unas diez, entre hombres y mujeres jóvenes. Algunos recostaban las caderas contra las carrocerías. La altura de la terraza le permitía espiarlos sin ser visto y, al mismo tiempo, distinguir con perfecta nitidez sus ropas, sus facciones. Por ejemplo, habría empezado a dudar de sus sentidos si aquella barba pelirroja y aquellos anteojos de lunas ámbar no le hubieran pertenecido a Óskar Blues. Y, para duplicar la afrenta, ahí estaba Serena, cruzada de brazos.

No podía escucharla, aunque sí notar que le hablaba sin necesidad de mirarlo: con una confianza sublevante. A pesar del frío cortante los hombres jóvenes llevaban camisetas sin mangas que descubrían brazos sólidos, hombros intoxicados de tatuajes. Como respondiendo a una señal imperceptible, se estrecharon las manos, palmearon varias espaldas y treparon a los vehículos. Antes de partir las voces se elevaron al unísono, rugiendo una consigna: ¡Al lago! Ángel no dejó de notar que Óskar y Serena iban en el mismo Jeep, el azul: lado a lado, sin nadie más para vigilarlos. No necesitaba otras pruebas. Comenzaba a sentir ya los engranajes del futuro, la horrenda máquina destruyendo el presente y dejándolo atrás, convertido en la estatua de un prócer sin patria. Enseguida se arrojó por las escaleras, en el lobby atropelló a un botones y penetró en el estruendo. Pese al frío bestial sintió heladas las axilas. Se le ocurrió buscar el Impala, pero su confusión era tal que no podía recordar dónde lo habían dejado. Por suerte pasó un taxi.

19

El reservorio Barker Meadow quedaba a las afueras de Nederland. Llegó en diez minutos, soltó los veinte dólares que le exigía el chofer y volvió a sentirse entre indeseables. La playa del lago estaba infestada de bicis, motos y carros; de curiosos, espectadores y ambulantes que actuaban como si se encontraran en un estadio de fútbol. Repantigados en sus vehículos descapotables, algunos bebían botellas de cerveza mientras los vendedores ofrecían burritos, hotdogs, Philadelphia steaks, pop corn. La turba parecía superarse a sí misma, ser más escandalosa y artificial, en cada nueva vitrina que se le ofreciera. Ángel compró una botella de Samuel Adams, se echó un trago que ablandó sus piernas y se abrió paso hasta la misma orilla, toda mosqueada de redondas piedras blancas. Allí buscó un sitio libre entre las mantas de picnic, las sillas plegables, las parrillas portátiles y los coolers rebosantes, y se sentó en la tierra. Los había perdido de vista. No quedaba más que esperar, acoplarse al ambiente. La superficie helada del lago exhibía vetas grises y estrías blancas, complejos diseños de cicatrices entrelazadas. Un sombrío cordón de pinos enmarcaba el escenario.

De pronto, accionados por manos invisibles, saltaron al

hielo unos como animalejos. Ángel se sonrió. Se trataba de una manada de autitos a control remoto que, humeando y berreando como bestezuelas hambrientas, empezaron a trazar figuras. Giraban en círculos, se cruzaban entre sí, corrían paralelos y hacían carreritas, arrancando de la audiencia una ovación cerrada. Luego formaron un carrusel que mereció nuevos gritos de júbilo. Ángel los vio regresar a sus dueños y enseguida empezó la segunda parte del programa: un automóvil de tamaño normal, conducido por un badulaque con una camiseta de los Broncos, avanzó parsimonioso entre las masas y se detuvo justo al borde del hielo. Era un soberbio deportivo rojo, un vehículo clásico cuya marca y modelo podían reconocerse con facilidad. Lo siguió un auto negro que se acomodó detrás, y luego un inconfundible escarabajo amarillo. Tres máquinas más se sumaron a la fila, la última de las cuales era, no cabía ningún error, el ya conocido Jeep azul. La pareja de ocupantes se clavó como puñales en los ojos de Ángel.

La mano derecha de Óskar empuñó la palanca de cambios. Tras un torrente de aplausos se escuchó un estampido y se elevó una humareda. Serena sintió un vacío en la boca del estómago y se dejó arrastrar por una fuerza que aplastó sus intestinos y la sepultó en su asiento, mientras el viento asaeteaba su cara y un bramido la ensordecía. Cuando volvió a abrir los ojos vio a una chica flotante que, sentada en el escarabajo amarillo, le hacía adiós con la mano antes de abrirse y perderse, zigzagueando, hacia el decorado humano de la ya lejana orilla. Detrás del escarabajo se materializó un bólido rubí que embalaba contra ellos en franco curso de embestida, hasta que un mínimo desvío antes del choque les reveló la barrera de pinos: amable, cercana, protectora, dibujándose cada vez más nítida justo antes de ladearse bruscamente y quedar a un costado, como una cinta paralela que ellos acompañaron y casi rozaron antes de torcer de nuevo hacia el centro, donde el auto negro y el rojo reaparecieron para alinearse a izquierda y derecha como dos escoltas que se esfumaron veloces, dejando solo al Jeep de los traidores.

Ángel se incorporó electrizado junto a varios espectadores. No alcanzó a ver la patinada ni a seguir las evoluciones del trompo, pero sí oyó el gemido del frenazo y presenció el final de la acrobacia. Fueron muchos los curiosos que, dejando caer sus cervezas, se lanzaron a la pista de hielo y empezaron a correr hacia el lugar preciso, ahora enmudecidos. Sin alcanzar a sentir nada, Ángel quiso seguirlos y resbaló tras un par de zancadas. Allí se dio cuenta, con pasmo, de que bajo la superficie congelada era posible seguir el destino profundo de las aguas. Miró hacia el frente y vio espaldas, brazos y piernas en marejada, otros cuerpos que habían amerizado como él y, más allá, la mancha azul empotrada contra el grueso tronco de un pino. Emergiendo del accidente un voraz hongo de mil cabezas negras parecía burbujear, engullirse a sí mismo.

Trepado en otro taxi que lo llevaba de vuelta al centro, Ángel se preguntó por qué acababa de huir, y quiso saber con sincero interés si no habría en él un gran cobarde. El accidente había sido real, las llamas también y mientras tanto tú, payaso miserable, fuiste la única broma sobre el hielo. Se te aguó la sangre. Era cierto, había dejado de correr junto a los demás, había dado media vuelta y había escapado sin pudor, pero nadie podría negar que sólo lo había hecho después de confirmar que la cosa no era tan grave como parecía y que Serena se encontraba ilesa. La chica está bien, parece que saltó a tiempo, oyó farfullar a una voz anónima entre la multitud y esa noticia dudosa le sembró en el acto la convicción de que así era, de que nada le había pasado y por ende era lícito escabullirse. ¿De qué huía? Luego escuchó a alguien preguntar qué había sido del conductor, al tiempo que en su cráneo seguían reverberando las palabras del policía: *you need to step back, are you a family member?* De cualquier forma la ambulancia estaba en camino para llevárselos al hospital, *a los dos*, nomás por precaución y por un exceso de cuidado, claro está. ¿Qué harías tú mientras tanto, dónde te ocultarías? Bajó del taxi frente al Libertarian's Inn y se dirigió a su cuarto resuelto a fingir, cuando Serena reapareciese —si es que reaparecía—, que no sabía nada, ¿qué lago dices? Se había pasado el día entero tomando fotos de la vida salvaje.

20

—Mejor no mires —lo amenazó Serena apenas entró en la habitación, dorada a esa hora por el sol de la tarde.

Primero apoyó ambas muletas contra el escritorio. Luego realizó el arduo esfuerzo de sentarse, o descargarse, en el sillón. Su pierna derecha, envuelta en el jean cochambroso, quedó estirada y rígida, la bota de yeso verde fosforeciendo sobre la alfombra.

—¿Qué te pasó? —exclamó Ángel saltando de la cama, refugio que, a juzgar por la pijama que llevaba, parecía no haber abandonado en mucho rato. Se agachó junto a la bota verde casi cubriéndola con su cuerpo, protegiéndola como si se tratara de un animal herido.

—No te atrevas a rozarlo, me duele mucho. Ahora sí, te prometo que nunca más vuelvo a esquiar. Por lo menos no en este viaje.

Según su versión de los hechos, había salido a esquiar; se había distraído con una ardilla; había acabado tumbada en un bordo, mismo pulpo de tentáculos amarrados; ella misma había tenido que llegar, dando saltitos heroicos, hasta el hospital.

—¿Así que esquiando? Tú, una esquiadora semi profesional, en una pista para principiantes... La historia del soroche era más persuasiva.

—Eres un insensible. A ver, dime tú, ogro sin corazón: ¿dónde quedó el chico atento y cariñoso del cual me enamoré hace tiempo? ¿Dónde estaba él mientras yo me accidentaba?

—Trabajando. Tomándoles fotos a las nutrias de Nederland, que tienen unas costumbres de lo más pervertidas. Mientras tú te andabas divirtiendo y de paso te rompías el pie, yo pensaba en labrarme un sólido futuro profesional en el campo de la fotografía artística.

—Admirable. Pero no creas que yo desperdicié el día, ni que todo fueron resbalones en la nieve. También me contaron algo que podría ser considerado un *descubrimiento real*. ¿Sabes qué es el «método andino»? Tráeme una pastilla, por lo que más quieras, y te lo explico.

—¿Cortesía de Blues, para variar?

—¿De quién más? —preguntó Serena, cerrando los ojos presa de un súbito ataque de dolor—. Anda, bájate rápido a la farmacia y consígueme lo más fuerte que tengan.

21

—Ahora que te escucho, siento que me equivoqué —dijo Ángel sentándose sobre el escritorio: sus piernas colgaban. Durante su ausencia Serena se había metido en la cama—. No sé por qué no te lo conté antes. Pasó en Eldora; al principio me pareció intrascendente; lo sé, un error de principiante. Tú te habías perdido por ahí como sueles hacer y de repente ya no sabía dónde estaba. Cerca de la cumbre vi, o creí ver, a alguien. Parecía sacado de una postal. Fue una visión, desapareció como un fantasma. Después de las peroratas de Blues, pienso que bien podría tratarse de uno de esos pastores. Bueno, eso es todo.

—*Eso es todo*, de acuerdo. ¿Seguro que no hay más?

—Bah, nada concreto. Podría estarme confundiendo pero creo que llevaba un chullo o algo así. No vi bien su cara. Estoy casi seguro de que no era un americano, aunque quizá... No sé lo que vi, ¿entiendes? Igual, tenía que decírtelo para sentirme más tranquilo.

—*Más... tranquilo*. Ángel, esto es importante. Me has visto salir de aquí en busca de información, de migajas.

¿Hasta cuándo pensabas esperar? ¿No se te ocurrió antes que podrías ayudarme?

—Perdona. La próxima vez seré más rápido.

—No: perdóname tú por ser tan lenta. Ahora sí estoy entendiendo. Querías guardarte el dato, ¿verdad? Querías jugar a ser Sam Spade y resolver el caso por tu cuenta.

Ángel presionó su dedo índice sobre los labios de Serena. Ella entornó los ojos y suspiró profundamente.

—Espera un momento. Tiempo fuera, princesa. Primero, ¿cómo puedes sugerir algo tan ofensivo con tanta facilidad? ¿Cómo te atreves a desconfiar de mí, que no pienso en nada más que en darte gusto? ¿Crees que eso que tú llamas «caso» realmente me interesa? ¿No te das cuenta de que todo lo que hago yo aquí, en esta aldea, es acompañarte?

—Siempre te encantó hacerte la víctima. Me pregunto quién ofende a quién ahora mismo. Pero ya, olvídalo; me importa poco lo que pienses sobre mis proyectos. Lo que necesito saber es qué más viste. Tienes que haberte fijado en más detalles. ¿A qué distancia estaba?

—No sé. Lejos. No insistas, te lo he contado todo. Quizá tu *maestro* Blues sepa más que yo. Total, ¿qué importa que yo haya visto a uno de los miles de pastores que habrá por ahí?

—¿Maestro? Por favor... Además, por supuesto que esta información sirve. A lo mejor todavía no te das cuenta, pero estamos hablando de la mejor hipótesis que tenemos. Si los asesinos no son ellos, o uno de ellos, entonces explícame tú quién más sería capaz de arrancar un pene y dos testítulos sirviéndose únicamente de los dientes. Lo que viste en Eldora sugiere que muy probablemente el culpable sigue en libertad, rondando la zona de sus crímenes. En ese caso quedaría confirmado también que el tal Misti Layqa es sólo un embustero que busca llamar la atención. ¿Blues, maestro mío? Qué ideas tienes...

—No tan descabelladas como esa invención tuya, esa hipótesis del método andino. Si me lo preguntas, parece fruto de la afiebrada imaginación de un Walt Disney en ácidos.

—A mí sí me convence. Desde mi punto de vista tiene mucha lógica que esta gente, que muy civilizada no es, use lo primero que tiene a la mano, o *en la boca*, para ganarse la vida. La más rudimentaria de las herramientas de trabajo. Capar borregos con las muelas y arrancar a mordiscos los genitales de un infeliz son objetivamente la misma acción. Sólo que, en el primer caso, puedes calificarlo como una habilidad pintoresca —aunque un poco bestial— mientras que, en el segundo, se puede hablar ya de una tortura sádica. Sofisticada, incluso. La cosa tiene todo el sentido del mundo, o ¿estoy mal?

—Sentido. Sumas dos más dos y hay sentido. En eso se nos va la vida.

—No comprendo. ¿Qué insinúas?

—No es nada —dijo él. Calló un momento, vacilante; una vez resuelto, habló sin pausa—: Es que te escucho con atención, te veo dejar el hotel buscando no sé qué, y al instante recuerdo tus palabras antes de venir: "No quiero que este final sea como los otros; quiero que sea especial". Entonces me pregunto hasta dónde puede llevarte una idea aparentemente buena. En abstracto, antes de haberlas vivido, hay aventuras que prometen, proyectos que atraen. Uno juega con esos… muñecos, sí, muñequitos de plástico que coloca en relatos, historias como rompecabezas que, como bien dices, parecen coherentes, hasta que todo estalla en pedazos y uno se estrella contra la realidad.

—No tengo ni idea de lo que intentas decirme.

—Yo tampoco lo tengo claro. Me sobran las preguntas. Hay algo en todo esto que no me cuadra; quiero decir, en *todo* esto. A veces, muchas, me siento extraño si pienso en el futuro. Me pregunto qué relación hay entre tus salidas, tus *investigaciones*, y lo que vendrá. Se ve que estas no son unas simples vacaciones para ti, pero qué sacarás de esta experiencia, qué llevarás contigo a casa, es algo que se me escapa. ¿Por qué le dedicas más tiempo y energía que a cualquiera de tus pósters? Llego aquí y ya no puedo evitar las comparaciones. Tu actitud conmigo, con el mundo, es como un gesto entusiasta, un arranque que no sale de sí mismo y se agota sin trascender. ¿Me sigues?

—Te sigo —dijo ella, la voz filosa de resentimiento.

—Lamento haber hablado. Estoy diciéndote lo que pienso. La verdad suele ser dolorosa, y siempre parcial, y una auténtica mierda, y a nosotros ya no nos sirve de nada, pero igual quiero hacer el esfuerzo de perseguirla. No tengo ninguna intención de herirte.

Serena brincó de la cama y, apoyando deliberadamente el pie enfermo, se encaminó hasta el centro de la habitación, donde se paró frente a él con las manos en jarra.

—Veo. *Ya eres mayor para actuar así; deberías crecer, madurar. Act your age,* ¿verdad?

—No, espera. No es eso lo que yo…

—Entonces ven conmigo. Afuera está haciendo un frío *extraordinario* y sería una lástima desperdiciarlo.

22

Una bruma verdosa arropaba la ladera. La iluminación de las casas vecinas se acumulaba allí, quedada enredada en la humedad. Nevaría toda la noche: los primeros copos ondularon sobre las cabezas y los paraguas empezaron a abrirse sobre la colina de sombras sentadas, expectantes. El cigarro de Ángel estaba acompañado: las chispas formaban una hermandad. Al lado se agazapaba un trío musical: cráneos recogidos en capuchas, guitarras rasgueadas con desdén, un bongó que manos torpes, enguantadas, acariciaban sin arte. Se charlaba en voz baja, como en una misa, pero quedaba claro que algo interesante pasaría allá abajo, al pie de la colina, donde el arroyo congregaba a un corrillo. En ese punto habían preparado el agujero en el hielo, una mancha como la boca de un túnel. Ante aquel socavón excavado con palas y trinches hacían cola los valientes.

Eran cinco las siluetas. Un sexto fantasma caminaba alrededor, parlamentaba con cada una. En la colina sembrada de ojos se apagó una lucecita. Ángel hundió su cigarro en la nieve y contempló el baño de cristales minúsculos que se posaban sobre el gusano arrugado. Luego devolvió la mirada al arroyo donde la primera valiente, que era *su* valiente, estaba a punto iniciar el juego. Por desventura no pudo agacharse para imitar a una auténtica corredora olímpica, pero de todos modos hizo el esfuerzo, casi la finta, de inclinarse ligeramente. Supo que era ella por su bota color verde loro. Las demás siluetas la rodeaban, le estaban dando ánimos y, pensó Ángel con horror, casi la compadecían, como si fuera un bello ejemplar de su misma especie amenazada. Es entonces cuando Serena se lanza. Se impulsa con las muletas, se columpia avanzando a trompicones y, justo antes de alcanzar el boquete, se detiene, suelta sus apoyos, se equilibra sobre el pie sano y pega un último salto que Ángel solamente puede escuchar, pero qué bien imagina: las aguas rotas, la mujer sumergida, la negrura. Instantes después ella —cabello empapado, ojos muy abiertos y rostro luminoso, niquelado de hielo— vuelve a la tierra despertando aullidos de pieles rojas, puños torpedeando la noche y guitarras enloquecidas aunque no como el bongó, que parece a punto de reventar.

—Quiero que nieve hasta el cielo —le susurró mientras Ángel la arrastraba, estibándola casi, de vuelta al hotel: mejillas rosas y cálidas, mirada dulce y alucinada, paso impetuoso y marcial.

23

Amaneció con fiebre. Tuvo que desnudarla y ponerle una pijama seca. Pidió dos cafés con crema y unos panqueques que terminó devorando solo. Serena apenas entreabrió los ojos para declarar que se moría de frío y para preguntar, una vez más, qué impresión le había causado su salto mortal; luego afirmó: «Esto no me tumbará». Y se volvió a dormir.

Ángel se acomodó en el sofá con la laptop sobre las piernas y abrió el ajedrez. Ni modo: si tenía que aburrirse, que fuera a fondo y sin remedio. Había perdido dos partidas al hilo y estaba a punto de hacer tablas en la tercera cuando sonó el teléfono.

—Gracias. Voy para allá —y colgó extrañado.

Serena había olvidado su mochila en el hospital. El sitio quedaba en la Calle Tres, una trocha de cinco cuadras. Se trataba de una cabaña grande con paredes de tablones. El parqueo, un terral convertido en pista de obstáculos por los numerosos cerros de nieve, estaba vacío a excepción de una ambulancia herrumbrosa que parecía no haber saboreado emergencias en varias décadas. En la entrada leyó una placa que informaba, con inusitado orgullo histórico, que en ese mismo edificio solía funcionar el único prostíbulo del pueblo.

En el vestíbulo una enfermera le indicó que debía subir al tercer piso. Ángel desembocó en un largo pasillo orillado de puertas, idéntico al del primer piso. Al final había un mostrador atendido por una mujer de rasgos orientales. Se dirigió a ella en voz baja, con miedo de interrumpirla: lucía muy concentrada en su crucigrama. La mujer lo escuchó sin mirarlo ni articular palabra. Enseguida asintió, rebuscó en una caja de cartón y le extendió la mochila de jean con diseños andinos en bayeta roja. Ángel le agradeció e hizo ademán de irse, pero la enfermera lo detuvo con una pregunta:

—Conoce al otro, ¿no?

—Perdón, ¿a quién?

—El accidentado. El que trajeron con la chica.

—Digamos que sí. ¿Cómo está?

—Su condición es estable. Todo puede resumirse en un tremendo golpe en la cabeza. Con el impacto y la volcadura salió expulsado de su asiento y cayó algunos metros más allá del sitio del choque. Por suerte las ramas amortiguaron el aterrizaje. Le causaron algunos cortes en el rostro. Rasguños menores.

—Me alegro de que no fuera más grave. Ahora debo irme.

—Por favor, espere un momento.

Cogió el teléfono. Marcó un par de números y dijo:

—Aquí lo tengo. ¿Le digo que pase?

Colgó, dedicándole a Ángel una amplia sonrisa.

—Habitación 345. Su amigo estará feliz. Le encantan las visitas.

La estudió. Frunció el ceño. Vaciló antes de consultar:

—¿Está segura de que quiere verme? *¿A mí?*

—A usted, claro. Lo ha estado esperando. Habitación 345. Doble aquí a la derecha.

24

—Amigo peruano, ¿qué hace ahí parado? Entre de una vez y cierre la puerta. Tome asiento, por favor. Alguien tiene que usar esa maldita silla, *humanizarla*. Pasé la noche sin quitarle el ojo.

Óskar Blues yacía en la cama. Estaba descubierto y llevaba una pijama de seda amarilla cuya parte superior le quedaba demasiado corta y dejaba ver la franja de una barriga peluda. Tenía una pierna flexionada y su enorme cabeza de rulos zanahoria reposaba sobre la almohada de sus brazos. Esta vez no llevaba los lentes y su barba relucía, como si se acabara de duchar. La única huella del accidente era un arañazo en su mejilla izquierda. En conjunto se le veía como un hombre en perfecto estado de salud.

—Gracias —musitó Ángel y se sentó justo al borde de la silla. No sabía qué más decir. La inexplicable jovialidad del otro lo había dejado sin armas.

—Cuénteme, ¿cómo sigue el tiempo allá afuera? No me diga que ha vuelto a nevar.

—No hace tanto frío. A lo mejor ya no lo siento.

—Muy bien, excelente, formidable —alzó una comisura Blues. Hizo una pausa antes de agregar—: El clima es un tema apasionante, pero desafortunadamente hay otros asuntos por tratar. Se estará preguntando lo mismo que yo: ¿por qué me retienen aquí? Me han cambiado las costillas de cerdo por la sopa de pollo, pero igual no me puedo quejar. La ciudad de Nederland corre con todos los gastos. ¿Qué más se puede pedir?

—Nada, supongo.

—Lo justo es lo justo, amigo mío. Después de todo, uno se sacrifica por el pueblo, arranca una sonrisa al turista y luego tiene suerte si no acaba muy maltrecho. Mi Jeep es un montón de chatarra. Usted, ¿cómo lo vio desde la orilla? Al menos fue espectacular, ¿no?

—Me confunde. Yo…

—Usted, claro que sí. No sigamos por ahí si le incomoda. A lo mejor estaba demasiado preocupado por la salud de su novia como para apreciar la estética del episodio. No lo culpo, cualquiera se espantaría. Por cierto, ¿cómo sigue la estrella del esquí motorizado?

—Mejor. Apenas un esguince en el tobillo.

—Eso ya lo sé, y me alegra. Pero después de la zambullida, ¿no se habrá resfriado?

—No. Veo que está bien informado.

—Magnífico —rió Óskar de buena gana—. Es diferente esa chica, ¿no? Dura como ella sola. Pero a usted no hay que decírselo. Aquí en el pueblo ya la conocen como la *tough Peruvian girl*. Se habla de ella, ¿lo sabía? Se ha hecho muy… visible. Todo lo contrario de usted, a decir verdad. Los opuestos entablan fiera y constante lucha. Se dañan, se repelen y se vuelven a juntar, como dos asteroides destinados a rozarse, a darse topecitos incitantes, hasta el fin de los tiempos. ¿O me equivoco? Disculpe si me excedo.

Ángel guardó silencio. Estaba furioso, ¿se daba cuenta Blues? Exploró a su alrededor para buscar sosiego en las cosas de la habitación. Había un florero con flores amarillas sobre el velador. Las cortinas estaban descorridas y podía verse la calle de tierra con charcos congelados.

—Lirios: cortesía del alcalde. Un lindo gesto, la verdad. Muy bien, ahora pasemos al negocio que nos convoca. Usted se preguntará por qué lo hago perder su tiempo. Como ve, me encuentro espléndidamente, pero estos se niegan a dejarme ir. El festival continúa y, estando aquí encerrado, uno pierde dinero. El restaurante está desatendido.

—El show debe seguir.

—Exacto. Y las manos nunca sobran. ¿No le interesaría ganar algunos dólares?

—Creo que no. Lo siento.

Ángel se levantó para salir. Óskar descerrajó una carcajada corta.

—Veo que lo hago pasar un mal rato. Descuide, buscaré a otra persona. Siga disfrutando del festival.

Y, antes de que pudiera marcharse, añadió:

—Venga a verme cuando quiera, la oferta seguirá en pie hasta que alguien la tome. Dele mis saludos a Serena y no se olvide de comentarle que su parte está en la mochila.

—¿Su parte?

—Por su destacada participación. No es un gran botín, considerando lo que pasó. Dígale que hay más de donde vino eso. Será cuando se mejore, naturalmente, pero usted ya la conoce: mejorará.

25

Ángel dejó pasar un taxi. Caminaría para despejarse la cabeza. En diez minutos podría escuchar la respiración pausada de su chica y habría olvidado el veneno de Blues. Se echó a andar con la mochila al hombro; aunque casi vacío, el bulto pesaba como una joroba que hubiera crecido ahí, hinchándole la piel, durante la humillante conversación. La *afrenta*, no podía llamarla de ninguna otra manera, se prolongaba en recriminaciones: ¿por qué no lo mandaste a callar, por qué no lo agarraste del cogote cuando sentiste la fuerza para hacerlo? Cierra el pico, maldito bastardo; cállate ya, *qhechi siki*. El insulto se manifestó y estuviste mascullándolo sin cesar, tú, el impotente, tú, el pusilánime, mientras caminabas sin rumbo, pateando trozos de hielo: como un conjuro tardío.

Ante la fachada del Libertarian's Inn sintió el impulso de seguir. Un vigor que nacía en sus corvas, trepaba por su espina dorsal y se descolgaba por encima de su cabeza lo propulsó hacia el frente. Siguió caminando hasta el final de la calle y dobló la esquina. Se encontró ante una terraza con un letrero de neón rojo: el New Moon Café. En las mesas al aire libre los parroquianos daban la impresión de estar bebiendo algo más fuerte que espressos, lattes y chais. Un bajo profundo que trepidaba desde el interior hacía temblar la caja de su cráneo. Se metió entre la gente, avanzó entre las mesas, pasó de largo ante la banda desconocida que se desgañitaba sobre un escenario saturado de graffitti. Encontró vacío un sillón de terciopelo guinda y se hundió entre los cojines. Una mesera le tomó la orden y volvió al segundo con el café americano y el *apple fritter*. Engulló el dulce en seco y despachó un buen trago de café. Cerró los ojos respirando hondo; el vigor aquel no retrocedía, seguía irradiando su malestar de ramalazos fríos. Sintiendo una vez más la proximidad de lo inevitable, cogió la mochila y la vació encima de su regazo. Sería un canalla, y un cobarde, y un esclavo, pero no era tan idiota como para ignorar que Blues había sembrado allí algún mensaje grotesco.

Un neceser, una barra de cereal, un poemario de un tal Ricardo Casaverde, una camiseta rosada, un sobre con cuatro billetes de cien dólares. La recompensa por su *destacada* participación. No estaba nada mal para iniciar una carrera de *stunt double*: era mucho más de lo que solía sacar por uno de sus pósters. Eso le diría, que sería sensato cambiar de gremio. No dirías eso, no dirías nada; tan sólo le entregarías la mochila haciéndote el imbécil y guardando una discreción que, necesitabas creerlo, te ennoblecía. En un arranque de dignidad devolvió los contenidos a la mochila y la cerró, sintiéndose íntegro. Después notó que le había faltado un bolsillo secreto que se reía en su cara, desafiándolo. Allí encontró una bolsita china de tela azul, decorada con dragones dorados. Contenía una tarjeta navideña con el dibujo de una bota roja repleta de regalos, bastones, estrellas, bolas. En la tarjeta leyó este mensaje estúpido: *May your holidays be full of love and sweet surprises.* Dentro había una foto en blanco y negro: una polaroid recortada, tijereteada en algunos bordes. Tardó en entender de qué se trataba. Sus ojos se pasearon, cada vez más ensombrecidos, sobre el paisaje lunar de la imagen.

26

El fondo de la imagen era negro. En la esquina superior derecha decía esto en letras blancas: Valenzuela, Serena. Abajo había otro nombre: Dr. Charles K. Egginton, Boulder Community Hospital. En los bordes se alargaban códigos incomprensibles, secuencias de letras, números, símbolos. En el medio del cuadro un embudo invertido presentaba un mapa agreste, pixelado; una zona de radiación blanca con manchas y sombras oscuras. Ángel pensó en tejido neuronal, en galaxias lejanísimas. La pequeña estrella negra de aquel sistema solar era un agujero perfecto, insondable, en cuyo centro se condensaba un erizo de luz. Al lado de este nódulo, que parecía ser la gracia de la foto, había una pareja de flechas blancas y una sola palabra, la palabra *Baby!* Sólo eso, una leyenda ilegible. Absurda, en cualquier caso. De golpe uno de los códigos cobró sentido, se rearmó como una hora: 2:54 pm. También había una fecha, noviembre del año pasado, pero el día exacto era indeterminable. La tijera lo había desterrado de la composición.

Noviembre, entonces: cuatro meses atrás. La foto esa había sido tomada antes de su viaje a Torrecilla: ¿poco antes, quizá? Menos de un mes, en todo caso. Vamos a ver, razonemos: ¿existía una conexión entre esos eventos? Podía haberla, pero antes de indagar en su sentido había que añadir otro hecho: ¿habría ocurrido en algún punto de diciembre, cerca del viaje a Torrecilla, aquella *pérdida*? A finales de diciembre había abordado el autobús que cruzó la frontera; no había forma de determinar, digamos científicamente, si la pérdida había tenido lugar tiempo antes, o tiempo después, de su salida del país, de manera que la existencia de una conexión entre el viaje y la pérdida debía, profesionalmente, dejarse entre paréntesis. En suspenso debía quedar también la intuición que se había insinuado en el vacío de su estómago: que el viaje había sido, de algún modo incomprensible para él, una consecuencia de la pérdida, el resultado de una decisión tomada por Serena después de haberse enterado, después de haberlo sabido. Tampoco era imposible que ella hubiese resuelto enviarlo lejos de Boulder (es decir: deshacerse de ti; es decir: romper la relación; es decir: darte lo que merecías) sólo después de haber confirmado que estaba embarazada y, tal vez, como fruto de esa confirmación, pero antes de saber que había perdido al bebé. ¿Tenía sentido todo esto?

¿Por qué habría obrado de ese modo? Las razones sobraban para desconfiar de Ángel. Su juventud, su pobreza y su desequilibrio no habrían sido las menos importantes. Naturalmente había que considerar la posibilidad de que ella hubiera contemplado la noción de informarle que tendrían un hijo, aunque después se hubiera arrepentido. No había otra explicación para la tarjeta navideña nunca enviada. ¿Por qué había decidido no mandarla? ¿Lo habría decidido antes o después de la pérdida? ¿Qué consecuencias se derivaban de cada alternativa? Tampoco sería lógico descartar la otra hipótesis: que no hubiese un vínculo causal; que el viaje y la pérdida fueran hechos sin relación entre sí. ¿Cómo responder a estas preguntas? ¿Contaba con todos los datos necesarios para alcanzar una conclusión que explicara la conducta de Serena? Quiso pensarlo más, quiso reflexionar y atar los cabos, de verdad que sí, pero tras un breve esfuerzo abandonó la empresa, fatigado. Se le había nublado la mente. Él no era un detective, no tenía caso: admite la farsa y deja de simular. A su cargo no habría interrogatorios, investigaciones, deducciones. Descubrió que este humilde ovillo de misterios lo acompañaría siempre, que pasarían los meses y acabaría por olvidarlo. Poco a poco iría perdiendo interés, si es que no la había perdido todo ya. Pregunta: ¿era su desidia la culpable de esta confusión? Otra más: ¿cómo habría reaccionado otro, digamos un tipo normal, de hallarse en sus zapatos? Absurdo perseguir estos hilos. Había llegado tarde. Se trataba de un caso antiguo, archivado sin consultarle. El expediente sería olvidado en alguna sórdida oficinita y, unas cuantas semanas después, el polvo empezaría a hacer su trabajo: la última lectura de los papeles que no importan.

27

—¿Nada más?

—Nada más —confirmó él. Estaba arrodillado al lado de la cama donde yacía Serena y acariciaba su mano con delicadeza; a ratos, sin darse cuenta, la apretaba—. ¿Qué más podría haber pasado? Me dieron tu mochila, me contó del accidente. Eso fue todo.

—Claro, eso fue todo.

—Sólo me queda una duda: ¿por qué? ¿Qué te impulsa a hacerlo?

—Ya te dije que lo siento.

—No quiero que me pidas perdón. Quiero entenderte. Sueno a tu padre diciendo esto, pero pudiste haberte matado. Dos veces por lo menos. Además, me mentiste. Y *cobraste*.

—Pero lo hubiera hecho gratis. Óskar es un animal; de hecho, repetía una frase sin parar, *I'm a wild animal!* Americanos…. Yo gritaba como una loca. En una situación así lo anormal es la sensatez. Una se contagia, se olvida de todo, retrocede en el tiempo. Por eso lo hice, quizá: para no ser yo. El efecto dura unos segundos y enseguida, por cómo te están mirando todos, recuerdas quién eres y cuál es tu lugar: dentro de la jaula.

—No tienes por qué exponerte a eso. Yo no permitiré que te expongas. Me vas a perdonar, pero me gusta esta onda paternal: a Blues no lo ves más. Es mala influencia para ti.

—Como digas, papá. Descuida, ese judas me aburrió hace rato. Hay más orates por conocer en Nederland. Es una broma, claro. Más bien estaba pensando que te extraño. Por favor, no te rías. ¿Conoces a una casi ex pareja más fría y desapegada que nosotros? Hay que remediar esa situación. Si quieres, podríamos *salir*. Tener una *cita* normal.

Ángel se puso de pie y tuvo un gesto inusual en él: sonrió, pero sin ironía.

28

Increíble conseguir un restaurante japonés en este páramo. Ángel repitió esta frase varias veces a lo largo de la noche: sorprendido, primero, cuando divisaron el letrero violeta balanceándose en la Calle Dos; avergonzado, más tarde, cuando la charla empezó a languidecer y él se mostró incapaz de reanimarla; e indignado, por último, mientras rebuscaba en su delgada billetera para pagar los diez rollitos de sushi que habían consumido, y también debía contar la media botella de sake tibio. Al fin y al cabo, si estaban en una cita normal, lo apropiado era actuar como un hombre y olvidar los dólares de Óskar Blues. Por eso no dejó de conversar ni de soltar chistes pésimos mientras el malestar de la ruina lo trabajaba por dentro: soy casi un mendigo, se dijo, y también un derrochador. Una pésima combinación, pero ya no ibas a cambiar.

Serena no quería quedarse con las ganas de bailar, y tú, esta noche y cuando fuese, estabas dispuesto a todo por ella. Recordó haberlo oído en alguna parte, seguro en aquel café New Moon cuyo nombre no iba a pronunciar. La discoteca se llamaba The Church, se hallaba al norte de Nederland y era muy reconocible por razones obvias. En otros tiempos el local había sido una iglesia legítima, con su portón de madera, sus vitrales coloridos y su gran campana sonora. Las únicas diferencias entre el pasado y el presente vivían en el interior. Creyeron que sería fácil llegar pero se equivocaban, pues cinco templos auténticos se les interpusieron antes de alcanzar The Church: sede de la única y verdadera religión. Los muros de piedra temblaban por la música, juegos de lásers revoloteaban tras los vidrios. Una masa de fieles hormigueaba frente a la puerta guerreando por colarse en la diversión mientras el portero, un jayán que debía pesar unos trescientos kilos, los escardaba pacientemente, revisaba sus documentos y les estampaba un sello en el dorso de la mano: una jubilosa calavera negra.

Después, la penumbra. Una cuchilla de sonido avanzaba barriéndolo todo, cortaba sus cuerpos y licuaba sus sesos. Un cardumen de luces azules nadaba en las tinieblas, moteando por instantes el ondulante cuerpo común de los danzantes. No todos los símbolos religiosos habían sido retirados: apoyados contra las paredes, crucificados en las columnas, suspendidos en las alturas, había una multitud de santos cuyas figuras habían sido intervenidas. Ahora llevaban casacas de cuero, vestidos sexys, anteojos negros y latas de cerveza. Los santos toleraban la parafernalia con intachable dignidad, la misma que demostró Ángel cuando Serena lo sacó a bailar. En cualquier momento, pensó, se quita la bota verde y muestra su pie real: una pezuña, quizá. ¿Una pata de zorro?

Culminado el sacrificio, tomó su mano y lo arrastró.

—¡A dónde vamos! —gritó él con todos sus pulmones. Ella pareció entender:

—Aquí, ¡a la torre!

La escalera de caracol terminaba en una salita con sillones de cuero celeste. Casi todos estaban ocupados por parejas muy ocupadas que ignoraron su aparición. Serena sonrió, pícara, y le indicó algo con la cabeza. Las parejas no los vieron desaparecer por la puerta de vidrio que comunicaba con el exterior.

—¿Qué es esto, iglesia o castillo?

Se sentaron en una mesa metálica y prendieron un cigarro. Había algunas mesas más y un par de fumadores solitarios, abrazados a sí mismos por el frío. Tendrían que estar en un cuarto o quinto piso, lo cual hacía de esta discoteca el edificio más alto del pueblo. Desde su atalaya se veía la calle de abajo así como varias de las calles aledañas a The Church.

29

—Hoy me acordé de algo —empezó a decir Ángel—. Una lectura prehistórica. ¿La leí en Boulder, o en Lima? En fin, era una crónica. Ni siquiera recuerdo el autor, pero hay una parte que se me quedó grabada. La crónica describe la fauna y flora de una isla del Caribe, y habla de una planta muy extraña para los europeos. ¿Cómo presentarla usando sólo las palabras? Queda claro que el esfuerzo será inútil. Se trata de un plantón grande, alto, de hojas gruesas, carnosas, ovaladas. Estas hojas nacen unas de las otras, se engendran incesantemente, y el único fruto que son capaces de parir es una nueva hoja idéntica, una réplica de su madre. La madre, por cierto, es también otra copia. Ya recuerdo: el nombre que se le da es «árbol de las soldaduras», pues produce un ungüento muy útil para curar heridas. ¿Adivinaste ya de qué especie estoy hablando? Los lectores del siglo XVI tampoco. Por eso el cronista se ve en la obligación de ofrecer un dibujo, pero ni siquiera eso funciona. Nada reemplaza a la experiencia directa, por lo que se invita al lector curioso a visitar las Indias. Aquí, en las alturas de Colorado, también crece sin problemas: es el cactus, la planta más vulgar de todas.

Ángel desvió la mirada. Estaba llorando. Serena lo observó perpleja y, para cambiar de tono, trajo a colación lecturas menos espinosas: las novelas de un autor catalán que les gustaba mucho a ambos. En una época solían leerlo juntos, riendo a carcajadas.

—Todo esto me recuerda a Eduardo Mendoza. En sus historias policiales el protagonista es un detective loco, un enfermo sacado de un manicomio para resolver casos reales. Lo más gracioso es que siempre los resuelve. Se me vino esta escena: están el detective y una mujer joven, muy guapa. De pronto ella toca el hombro del loco, deja allí su mano casualmente, y aquel se echa a llorar como un niño. Enseguida explica sus lágrimas: no puedo recordar, dice, la última vez que otro ser humano fue tan amable conmigo. Si este sujeto es capaz de desvelar enigmas, ¿qué nos lo impide a nosotros? Estamos juntos, la estamos pasando bien y la noche es, no digo hermosa, pero sí interesante. Este no es momento de quebrarse, hay misterios por despejar y no dudo de que tú y yo llegaremos al fondo. Si no logramos operar como novios tratemos de hacerlo como sabuesos. Yo te quiero, Ángel: ¿todavía necesitas más pruebas?

30

Los tambores empezaron a sonar. Venían de una calle invisible y eran cada vez más fuertes. Poco a poco se fueron abriendo puertas y ventanas para que se asomaran los curiosos mientras que, en vías cercanas, se oyeron voces llamándose entre sí, hubo carreras que anunciaban un flujo mayor. Ángel miró a Serena con gratitud.

—Me había olvidado por completo del festival.

—Lo siento. Sé que te prometí una cita normal.

Los primeros hombres doblaron la esquina y desfilaron por el centro de la pista. Eran unos diez cargadores, todos disfrazados de policías, y llevaban sobre los hombros una plataforma con una jaula inmensa. Los barrotes habían sido forrados con papel aluminio. Al interior había una silla con un hombre sentado. Se trataba de un cuarentón medio calvo y subido de peso. El cautivo traía las manos amarradas detrás de la silla. Engalanaba su rostro un oxidado bozal de fierro. De rato en rato se removía en su asiento, tironeaba para aquí y para allá con fuerza. Por si la alusión cinematográfica no hubiera sido clara, la jaula traía un letrero que decía: *Where are you, my precious little lamb?* En uno de esos intentos por escapar la silla se volcó y el sujeto quedó tirado en el piso. Los cargadores siguieron adelante como si nada hubiera ocurrido.

La segunda jaula apareció detrás. Estos cargadores iban desnudos a excepción de sus calzoncillos negros. Sus pieles habían sido untadas con grasa para que lucieran como africanos. Los barrotes ostentaban un forro verde, y algunas flores y hojas de plástico que simulaban enredaderas selváticas. Quien viajaba al interior iba, como tenía que ser, en cuatro patas. Le habían echado encima un pellejo naranja con rayas negras y se escondía tras una máscara de tigre. El hombre-tigre ofrecía un repertorio limitado de gracias: daba vueltas en redondo; alzaba una garra y arañaba al público, quizá con excesiva delicadeza; y presionaba el botón de un estéreo que emitía la grabación de un rugido.

La tercera jaula viajaba en la parte trasera de una pick-up. La camioneta era negra y traía las ventanas abiertas, dejando escapar un estruendo monstruoso; las puertas estaban decoradas con pequeños orificios como agujeros de bala; encima del techo reposaba un gran monitor que retransmitía las incidencias de la jaula. Esta exhibía barrotes dorados y en su interior había un tubo. Aferrada al tubo, girando a su alrededor, poniéndose de cabeza y saludando así a la concurrencia, viajaba una rubia de piel bronceada, sólo visitada por los hilos de un bikini rosado. Al pasar junto a la discoteca sacó un cuchillo con el que amenazó de muerte a sus admiradores. Luego se lo metió —entero— en la garganta y fue sacándolo suavemente, acariciándose las amígdalas.

Después le tocó el turno a un número singularmente ruidoso. Las sirenas de los cuatro vehículos policiales chillaron sin control, y las dagas giratorias de luces rojas y azules crearon otra discoteca bajo las estrellas. A simple vista era imposible determinar dónde traían a su preso. Seguro lo llevaban oculto en alguno de los autos. De pronto se bajó el vidrio derecho del primer vehículo y emergió un megáfono que escupió feroz este mensaje: *Step back, step back, get out of the sidewalk!* Sin esperar a ser obedecidos, dos autos se subieron a las veredas. Quemando llantas como *supaykuna*, adelantaron a los primeros carros alegóricos y le cerraron el paso a la jaula del hombre amordazado. El desfile se detuvo en seco y bajaron los policías, dos y cuatro y seis y ocho efectivos del orden armados con metralletas que encimaron a los cargadores, obligándolos a recular y a depositar sus jaulas sobre el asfalto. Uno a uno los hicieron salir, al hombre, el tigre y la rubia, para reducirlos, esposarlos y arrestarlos. De nuevo chillaron las sirenas y el convoy se esfumó tan veloz como había aparecido. Un conmovido público aplaudió a rabiar.

—Está bien —dijo Ángel —. Te ayudaré.

31

La sintió irse por etapas. En la oscuridad de la habitación había sido una voz, primero clara y luego gangosa; un calor, primero ardiente y luego tibio; un temblor de sábanas replegándose, un ser nocturno perdiendo brillo. Dejó de hablar sin más, se trabó en medio de una idea: ¿pensaría en algo, o se habría molestado? Luego sus piernas se destrenzaron. Ángel no supo exactamente cuándo fue, pues él también perdió la conciencia. Cuando volvió en sí la respiración de Serena atravesaba ya un fango. Se levantó en silencio, se vistió con sigilo y salió procurando no atropellar los muebles.

—Pase —lo invitó Óskar Blues—. Está abierto.

Empujó la puerta con suavidad. Óskar seguía en cama, junto al florero de los lirios. Era como si no se hubiera movido un centímetro desde que lo dejara en la tarde. La única modificación era la luz: una lamparita insuficiente hacía amarillear el aire caliente y estancado.

—Espero que la enfermera no le haya dado problemas.

—Ninguno. Fue muy amable conmigo.

—Excelente. Hoy discutimos la política de visitas. Según ellos, estoy *delicado*.

Ángel lo escrutó. Su rostro se veía más pálido y huesudo que antes; dos ojeras circundaban sus ojos. Sintió una piedad injustificable.

—¿Qué es lo que tiene?

—Absolutamente nada. Dicen que estoy jodido por dentro. Me dieron una larga y aburrida explicación. Digan lo que digan mañana estoy afuera. No pienso perderme otro desfile como el que ustedes apreciaron anoche. Bien, a lo nuestro: usted dirá.

—Vengo a aceptar la propuesta que me hizo.

—Una sabia decisión. Le soy sincero: para suerte suya, nadie más ha mostrado interés. Es difícil conducir una búsqueda como esta desde la cama de un hospital. En este caso importa poco. Siempre supe que usted era mi hombre. Hay un detalle clave: me imagino que tendrá licencia de conducir.

—No hago acrobacias en el hielo, pero sé manejar.

Blues intentó reír.

—Aprecio su humor. ¿Tiene algo que hacer esta noche? ¿Aguanta bien el sueño?

—Sin problema. Un café no estaría de más.

—Puede tomárselo en la ruta. Debería estar de vuelta en Nederland a las nueve de la mañana a más tardar. Es decir, más o menos en cinco horas: tendría que partir dentro de una hora. A su regreso ella habrá despertado y podrán seguir gozando del festival.

—No tengo carro. Tenía uno. Es una larga historia.

—Hay una pick-up Chevrolet Silverado color magenta en el parqueo trasero del restaurante. La reconocerá fácilmente por el adorno que le cuelga junto a la placa: una pareja de generosos testículos cromados. Usted maneja hasta un lugar que le señalaré. Usted habla con Robby, el encargado —descuide, él se identificará—, Robby produce la carga y juntos la suben a la camioneta. Los dos juntos, inseparables, parten de inmediato. Estacionan, ahora, *dentro* del garaje del restaurante. Suben a mi oficina, donde tenga por seguro que estaré mañana a las nueve en punto aunque sea lo último que haga, y usted me entrega la llave del vehículo. La pone en mis manos. Nos despedimos hasta la noche, cuando usted y su novia vendrán a mi restaurant. No se lo pueden perder, será el broche de oro del festival. Entonces le extenderé su paga. ¿Qué le parece?

—¿A qué se refiere con la *carga*?

—Insumos. Muchas cajas, básicamente. No se preocupe por eso, todo pasa —y todo queda— dentro del gran estado de Colorado. Usted se dirigirá al norte: en la guantera de la Silverado encontrará una hoja de ruta. Carreteras principales, no se perderá. ¿Más preguntas?

—Varias. Una en particular: ¿por qué dice que pensó en mí para esto? ¿Es sólo que usted no puede ir?

El hombre tardó en responder.

—Tengo buenas referencias. Veo que lo hice sonreír.

Cuando llegó a la puerta de su habitación se dio cuenta de que una bolsa de plástico colgaba del pomo. Dentro había un sobre manila que contenía un objeto notorio, con tamaño y peso de libro. Alguien había escrito a mano, en tinta azul, el nombre completo de Serena: y sin errores de ortografía. Casi pudo visualizar la mano de Blues, su trazo zalamero. Sin pensarlo desgarró el sobre y rescató una antigualla que lo hizo reír: era un prehistórico casete de video, sin etiqueta. No había mensajes, cartas, explicaciones. Maldita sea, ¿a quién se le ocurría emplear ese formato en estos días? Incluso el clásico mensaje embotellado habría sido más práctico que un video invisible, el último sobreviviente de una tecnología muerta. Dentro del cuarto se acercó, burlón, al televisor, y descubrió asombrado que lo escoltaba una videocasetera. Regresó el casete a la bolsa, la depositó sobre la mesita de Serena y estampó un beso en su frente.

32

No te distraigas, inútil. Restregó sus ojos inyectados en sangre con suficiente vigor para arrancarlos y se esforzó por traspasar las costras blancas que se aferraban a la luna de la pick-up como garrapatas. Nevaba sin fin. Las pelusas gigantescas como la palma de una mano aterrizaban sobre el vidrio para hundir sus garras. La nieve había estado cayendo desde la salida de Nederland, pero mientras más al norte iba más gruesos eran los copos y más arruinada se veía la ruta. Si bien eran *apenas* las once de la mañana el cielo se había empezado a encapotar hasta sumir al mundo en una tiniebla fangosa.

—Tres horas de retraso —se dijo en voz baja, vocalizando con precisión y lentitud—. Si seguimos a este ritmo quizá volvamos mañana por la tarde. O quizá no. Quizá lo más sensato sea seguir hacia el norte, de frente hasta Canadá, y no regresar más.

Buscó la chalina, se envolvió hasta la nariz y bajó de la camioneta. Un viento frígido, perseguidor y entrometido lo remeció como un choque eléctrico. Echó otra mirada a la casucha de madera. Si nadie había salido la primera vez que tocó tampoco lo harían ahora. El lugar estaba vacío, qué duda cabía, y además era todo culpa suya. Se había demorado en llegar y su contacto, ¿cómo diablos se llama?, había decidido no esperarlo. ¿Habría llamado a Óskar Blues, le habría informado ya de la incompetencia del novísimo empleado? A lo mejor lo había hecho y el escuadrón de castigo llegaría en cualquier momento para disciplinar al traidor. Revolviendo esta fantasía limpió la luna con sus guantes, subió a la camioneta y fijó la mirada en la pantalla transparente, que pronto regresaría a su deformidad invernal. En eso un personaje recién aparecido entre los pinos —jeans, suéter rojo y gorro azul— atravesó su campo visual rumbo a la casucha.

—Ya me vio —se dijo Ángel, y así fue: el personaje se detuvo en seco, observó la Chevrolet y, tras una cierta vacilación, endilgó hacia ella. Al acercarse su fisonomía cobró mejor definición. Era un chico asiático exageradamente subido de peso. Su cara redonda, ensanchada como por un espejo deformante, parecía un bollo pálido en el cual los ojos eran dos ranuras y la boca solo un punto de temor y desconfianza. El muchacho pegó su rostro al vidrio como un niño curioso. Ángel asintió a manera de saludo.

—Hey, ¿dónde te habías metido? Llevo una hora esperándote.

—Eso no es verdad —se defendió el otro en tono neutro, sin exteriorizar sentimiento alguno—. Voy y vengo. Tú ve abriendo la parte trasera y haciendo campo para la carga.

Entonces recordó su nombre. No tuvo que esperar demasiado. Robby entró por la puerta principal de la casucha y reapareció por una trasera, ahora empujando una especie de carretilla industrial sobre la cual reposaba una caja metálica. Debía de medir dos metros de altura. Penando y resoplando, empujando la carga por el terral resbaladizo, Robby llegó hasta la camioneta y la rodeó. Allí aguardaba él, que le dirigió una mirada inquisitiva. ¿De qué insumos estaría hablando Blues? Aquel no se dio por aludido. La pregunta implícita en la mirada de Ángel rebotó contra una faz como embrujada.

—Ayúdame. Hay que bajar el puente y ponerla arriba.

Hizo todo lo que le ordenaba. La caja era mucho más pesada de lo que había imaginado. Una vez en la cabina apagó la radio, hizo rugir el poderoso motor y giró al máximo la ruedita inservible de la calefacción.

—Mi nombre es Ángel. Encantado de conocerte.

Por toda respuesta Robby extrajo una cajetilla de Marlboros rojos, encajó un cigarro entre sus dientes y volvió a guardarla en el bolsillo de su pantalón. Repitió la misma acción numerosas veces durante el camino a Nederland sin darse tregua entre pucho y pucho, encadenándolos con tal constancia que Ángel apostó contra sí mismo en varias ocasiones —y perdió cada vez— que ahora sí le pediría detenerse, parar en esta o aquella gasolinera para adquirir un nuevo paquete. Pero el primero parecía infinito.

Robby era de pocas palabras. La conversación ligera no estaba entre los dones de su acompañante, que no se dignó a despegar los labios durante las primeras dos horas del trayecto. En determinado momento, quizá cuando paró mientes en que habían avanzado muy poco, se volvió hacia Ángel y le preguntó si disponía de un teléfono celular.

—No, pero tu jefe se habrá enterado de la tormenta.

—Mejor dobla en la próxima. Conozco un atajo.

Por alguna razón la propuesta le produjo un escalofrío. El desvío en cuestión empalmaba con una calle angosta, una sinuosa vía de una sola dirección que trepaba dibujando eses entre lenguas de pinares. Al ir ganando altura la nevada empezó a adensarse. Los árboles aumentaron en número, entrelazando sus ramas con creciente lujuria. A diferencia de la interestatal, que parecía haber sido separada para una procesión, la ruta nueva apenas los acogía a ellos y a ocasionales vehículos de lujo —vio un Porsche rosa— que surgían a cada tanto, escabulléndose por trochas que se adentraban en la espesura. De vez en cuando se divisaban las mansiones ocultas tras los pinos.

Tal vez aquellas, pensó Ángel, fueran las casas de los millonarios desconocidos, unos magnates que se ocultaban en Colorado desde los años setenta. Había escuchado la leyenda de distintas bocas, pero todos sus informantes revelaban un sentimiento común: la admiración. Según había podido entender, subsistía por aquellas regiones un clan de sujetos misteriosos y amantes de la privacidad quienes después de amasar grandes fortunas gracias a la venta de narcóticos durante el apogeo de la Contracultura se habían recluido en sus palacetes campestres para gozar de todo lo ganado con discreción absoluta. La existencia de esos individuos explicaba la visible prosperidad de ciertas partes del estado cuya actividad económica era modesta, o nula. Estaba por preguntar a Robby sobre los parajes que cruzaban cuando retumbó un ruido extraño: ¿qué fue eso? Un golpe, sin duda. Un fuerte impacto que estalló en la parte trasera, donde estaba la caja: ¿una roca que cayó del cerro y se estrelló contra el metal? No, el ruido era distinto. Fue una resonancia, un sonido hueco. Estaba preguntándose qué lo habría causado cuando pasó otra vez. Era obvio que el origen estaba al interior de la caja.

—Soy de Corea —dijo entonces Robby, rompiendo su silencio en el momento más inesperado—. Nací y crecí en Seúl. Mi padre era visitador médico. Mi madre murió cuando yo era un animal sin dientes, sin alma ni mirada. ¿Has estado en Corea? La situación era mala. Siempre lo había sido. Hasta que mi padre, mi hermana mayor y yo viajamos a Estados Unidos. Entonces la situación empeoró. Vivíamos en Arizona. Jamás llovía, todo lo contrario de nuestra húmeda ciudad. Fue por eso que mi padre enfermó gravemente. Mi hermana y yo lo cuidamos hasta el día en que nos dejó. Después nos separamos sin mucha pena; ella se fue a la Costa Oeste, al área de Portland, y yo viajé a Denver. Nos hablamos por teléfono de vez en cuando, aunque no mucho, pues la odio. Me hizo un daño inmenso cuando éramos niños. Dice que allá llueve más que en Arizona pero menos que en Seúl. Nunca nieva como en las montañas, sólo una o dos veces cada invierno. Y ahora debemos abandonar esta carretera. Grave error fue desviarnos por aquí, hemos rozado la frontera del territorio enemigo.

Otro sonido hueco. Tampoco esta vez pareció Robby darse por enterado. Pero al menos el estruendo puso fin a su brote de elocuencia, hundiéndolo en cenagosas meditaciones. En obediencia a los caprichos del coreano, Ángel detuvo la camioneta y dieron media vuelta para retornar a la carretera. No habían transcurrido cinco minutos desde el último golpe y se empezó a oír algo así como lo que el conductor sólo podría describir como un *clamor* lejano. Un ronco furor, un cántico que nacía en la floresta y se asemejaba a un concierto de instrumentos camuflados, quizá inmensas flautas de cuerno. De súbito un silbido agudísimo perforó dicho rumor. Agudo y prolongado como la estela de un cohete, fue escuchado claramente pues Robby había bajado los vidrios para dispersar la humareda. Ni siquiera hubo tiempo de que este narrase el siguiente capítulo de su biografía, el correspondiente a sus primeros meses en Denver, ya que el segundo zumbido penetró en el vidrio frontal de la pick-up, se incrustó justo debajo del espejo retrovisor y sembró en aquel punto una súbita rajadura como una telaraña.

—¿Qué carajo…? —gritó Ángel, aferrándose al timón y girándolo sin pensar: casi se salen de la ruta—. ¿*Disparos*?

—Es el éter —contestó Robby con voz calmosa y

sensata, atribuyéndoles causas inesperadas a los fenómenos recientes—. Es que faltó éter, por eso se han despertado y andan molestando. No hay dinero, repite el señor Óskar, ni siquiera para el éter, pero yo lo veo a él cada día más gordo. Me preocupa mucho su salud. Sufre de insoportables dolores de pecho. Es la llaga de mi corazón, dice él, mientras yo pienso que es algo más. Seguro una enfermedad como la que se llevó a mi padre. Aunque los síntomas son algo diferentes. Aquí lloverá poco pero no faltan aguas en mayo. Por favor, acelera de una vez. Si seguimos más tiempo por acá nos acribillarán como a palomas.

—¿Quién? ¿Quién nos dispara?

—Estarán bien —agregó Robby. Tenía los dedos entrelazados sobre el regazo y se los miraba—. No les pasará nada, sólo se han dormido. No deberían despertar hasta la noche, deberían seguir allí muy quietos, esperando su gran momento. A mí me cuesta mucho aguardar hasta verlos porque es lo mejor de todo el año, ¿sabes? El señor Óskar vive para ellos. Haría lo que fuera por esta gente y yo comparto su pasión. Hay que tratarlos bien, dice, porque son nuestro sustento. Sobre todo hay que protegerlos del enemigo, porque ellos son el enemigo, y tampoco podemos permitir que se despierten, que para eso sirve el éter. A veces recobran el sentido en cualquier momento y el señor se enoja conmigo. Por suerte hoy me acompañas. Parece que ya los perdimos.

La rajadura del vidrio empezó a ramificarse.

33

—¿Ángel, estás bien?

Un caos de crujidos ensuciaba la línea. Pero era la voz de Ángel, lejana y desfalleciente.

—Sí, tranquila. Estoy molido, pero todo ha salido bien.

—¿Se puede saber a dónde fuiste? ¿No podías avisarme?

—Te dije que te ayudaría con el caso. Lo siento, no puedo hablar.

—¿Entonces para qué llamas? ¿Para seguir jugando?

—Perdona, estoy en la calle. Hay gente. ¿Estás *preocupada* por mí?

Serena arrojó el auricular contra el teclado. Lo recuperó al instante.

—Te prometo que cuando llegue te lo explicaré. Vete cambiando para salir.

—¿A dónde? Te recuerdo que pronto debemos volver a Boulder.

—Esto es grande. No saldrás decepcionada. Por ahora puedo adelantarte que estábamos mal: la teoría del método andino *sería* absurda. Los pastores no *serían* los culpables. Cuelgo.

—Espera. Para que no creas que sólo tú traes sorpresas: hoy vi algo.

—No me digas.

—¿Te acuerdas que nos dijeron que el hombre congelado elegía el momento y el lugar menos pensados para dejarse ver? Pues no se equivocaban. Hoy se apareció, así como así; vino hasta el cuarto para darme los buenos días. ¿Y sabes qué? Tampoco se equivocaban en lo de su —nuestra— nacionalidad. Te sigo contando cuando te materialices.

34

Óskar Blues estaba sentado en una sillita de vigilante frente a la puerta de su local. Ángel pensó en un pantocrátor del mundo flotante amparado por su pareja de molles andinos. Llevaba pantalones negros, chaqueta de lentejuelas rojas, camisa blanca bien planchada y corbatita michi, también carmesí. Aquella debía de ser su definición de la elegancia, lo cual subrayaba la importancia de la jornada. Apenas los vio aparecer saltó a sus pies, esbozó una sonrisa hospitalaria y los invitó a pasar con su acostumbrada prosopopeya. Incluso le ofreció un brazo a Serena, que ella aceptó recelosa.

—Yo me hallo perfectamente, dulzura. Encantado de estar todavía en el mundo de los vivos. Si quieres agradecérselo a alguien habla con tu consorte, puesto que sin él no estaríamos aquí esta hermosa noche. Te soy sincero: se tarda más de lo que uno desearía, pero es de fiar. *There's no doubt about it*: estamos ante un verdadero sabueso de montaña.

Serena lo miró de reojo. Él se encogió de hombros. Las misteriosas palabras de Blues no hacían sino atizar la curiosidad de su novia, que había sido maliciosamente estimulada por Ángel para luego ser dejada en ascuas. Apenas llegó al hotel deslizó la posibilidad de haber pasado el día ocupado en vagos negocios, quizá —concedió tras mucha presión— trabajando para Blues. Por desgracia la naturaleza y el resultado de aquel arduo trabajo no podía revelárselos de ninguna manera, pues arruinaría una sorpresa que debía ser presenciada antes que contada. Ella insistió, él se escabulló y, tras una amarga batalla, aquí estaban, en el restaurante de su patrón: odiándose en silencio.

—Yo tampoco te mostraré el video —había amenazado ella—. Seguro que mi *evidencia* es mejor que la tuya.

Es gracioso, reflexionó Ángel: primero soy un inútil; luego viene aquello de la bolsita china y me crece una voluntad sin límites, la voluntad de complacerla mediante una imitación escrupulosa: ser más serenista que Serena, de eso se trata. ¿Cómo sigue la trama? Me extralimito, la emulo con ardor, me meto con su hombre y esto ya no le gusta tanto porque mis actos, más rotundos que los suyos, confirman su irrelevancia. ¿Para qué necesitamos a dos Serenas si podemos elegir a la mejor de ambas? Matarla a través del espejo, curiosa estrategia para que no te dejen. Transformarte tú en quien se marcha.

—¿Qué se sirven? Lo que gusten, la casa invita. Es el último día y estamos de gala. Es lo menos que puedo hacer por ustedes, ¿o no? —y le guiñó un ojo a Ángel, palmeando su espalda.

—La química es una ciencia fascinante —dijo Serena—.

Nomás miren lo que ha hecho por ustedes, dos desconocidos que de un día para el otro se juntan y, unas horas después, son los mejores amigos del mundo. ¿Quién lo diría, no? Misterios de la química.

—De la química no —corrigió Blues—. Más bien de la meteorología, un saber rudimentario que las Montañas Rocosas mantienen en pañales. ¿Ustedes saben cuál es el método más veloz para convertirse en *homeless* en esta parte del país? Dedícate a predecir un clima impredecible. Mil y una veces te pasará lo mismo que hoy, para mala fortuna nuestra.

—¿Y qué fue lo que pasó?

—El temporal de la década. Ni siquiera en mi pueblo de Gunnison recuerdo haber visto una monstruosidad semejante. Un sistema repentino que nunca apareció en las computadoras logró atravesar la cordillera. Una gran nube obesa, un palacio de azúcar, se estacionó justo al norte de Nederland y estuvo vaciando su estómago durante dieciséis horas. El hermoso resultado es este infierno blanco. Pregúntaselo a él, que lo vivió en carne propia y además sobre ruedas, que es la peor de todas las formas.

—Sobre todo si eres impaciente —dijo Ángel—. Corres permanente riesgo de arrancarle la cabeza a alguien.

—Mucho cuidado con esos arranques —amenazó Blues, dándole una cachetadita en la mejilla—. Podrían malograr el negocio.

Serena los vio intercambiar miradas de inteligencia y soltar carcajadas que se prolongaron ofensivamente. Durante los segundos que duró aquel chiste privado llegó a odiar con intachable sinceridad a esos dos hombres de secretos obscenos y mandíbulas batientes.

—Basta de tonterías —exclamó Blues, como enfadado consigo mismo—. Serena mía, debo pedirte disculpas. Veo que nuestro común amigo no te ha contado mucho de su travesía. Mejor para ti, porque el show te ofrecerá un encanto que para nosotros dos está perdido para siempre. Y en cuanto al malestar que sientes, espero aliviarlo confesándote que la única razón por la cual no pensé en ti para esta faena es el grillete que llevas atado al pie. En tus condiciones habría sido imposible conducir tantas horas sin correr algún riesgo. Espero que no me guardes rencor. Señores, les pido disculparme. Debo descender de una vez; dentro de unos minutos me podrán seguir.

El hombrecito regordete se bajó del banco forrado en cuero y se desplazó entre las mesas. Avanzó hasta un sector cualquiera de la pared, buscó un espacio entre una rockola y un pinball, y empujó el enchapado de madera. Este cedió, descubriendo una puerta giratoria.

—Todos lo vimos —observó Serena—. ¿Puedes creerlo?

—¿Quiénes somos todos? Mira a tu alrededor, aquí no hay nadie.

En efecto, el escueto decorado de borrachos solitarios continuaba en pie. Si Óskar había hablado de una noche de gala, esta no se realizaría en el ambiente donde se encontraban.

—No importa, lo vimos tú y yo. ¿Cuál es el sentido de un pasaje secreto que se muestra a los extraños?

—Ahí te equivocas. Ya no somos extraños.

35

—¿Dos? Por aquí, por favor —indicó la anfitriona, meciendo el culo hacia la mesita asignada. Ángel la chequeó de cuerpo entero, sonrojándose y tragando saliva. No era la misma de la primera vez. Su piel exhalaba el mismo aroma dulzón, mezcla de sudor y perfume barato, que suelen exhalar las pieles de las bailarinas en los night-clubs.

Parpadeó: algo había impactado en su mejilla.

—¿Viste? —preguntó Serena—. Es *canchita*.

Observó perplejo el platito con maíz tostado.

Su mesa era una de las diez con las que contaba el reducido búnker. Se trataba de un sótano que contaba, en una de sus esquinas, con un tablado sencillo, por ahora vacío. Entre aquellos cuatro muros se estancaba el calor. El humo de cigarrillo llenaba la sala, cuya decoración exhibía un motivo: de todas las paredes colgaban cabezas de animales. Había un león, un puma, un antílope, un oso grizzly y un búfalo, entre otros miembros del reino. La vestimenta de los hombres que ocupaban las otras mesas, todos dueños de enormes barbas canosas, establecían con esas máscaras disecadas una correspondencia lógica: las botas de hule, los pantalones verde petróleo, los chalecos de comando y las gorras camufladas sólo echaban en falta la escopeta de doble caño, el rifle Winchester y la metralleta para completar el disfraz colectivo que se adueñaba del subterráneo. Los cazadores se encorvaban sobre sus tragos, charlando en voz baja y aguardando.

—Soy la única mujer en este antro. Pero nadie me mira.

—Está la mesera. Aunque tienes razón: todos lucen concentrados.

Poco después Óskar Blues salió al escenario. Fue destacado por un tubo de luz que hacía resplandecer sus lentejuelas. Llevaba un micrófono en la mano pese a que el íntimo tamaño del recinto lo volvía superfluo. Su aparición despertó algunas palmas desganadas. Sonreía con visible satisfacción, agradeciendo la presencia del público. Su frente bañada en sudor brillaba bajo el cono de luz blanca. Cosa rara: cuando empezó a hablar tartamudeaba un poco. Un jadeo cortaba su discurso, que empezó de este modo:

—Amigos, bienvenidos una vez más a este humilde teatro de las maravillas. Richard, James, Gavin: es un placer tenerlos por aquí. El otro día me dijeron que te habían agarrado en Durango, Richard, pero veo que eran habladurías. Creo que están todos, siempre fieles a Óskar Blues. No es por alabarme demasiado, pero ¿dónde más encontrarían la calidad que yo les puedo dar, bastardos del submundo? ¿Están listos, hombres de la selva? Empecemos de una vez por todas, no es a mí a quien quieren ver.

Estos aplausos fueron más entusiastas. El maestro de ceremonias se despidió, dejó el micrófono en el suelo y bajó del tablado. Fue directamente a la mesa de Ángel y Serena, se sentó entre ellos y cogió una de sus cervezas. Bebió como si fuera agua helada, un río invernal aliviando un incendio. No hubo intermedio entre el show de sus gárgaras y el arranque de un concierto de tambores que, se dijo Ángel sin mayor sentido, parecía un cruce de salsa cubana con una imitación de melodía incaica. Por ambos lados del escenario aparecieron dos grandes cajas más altas que un hombre. Sendas anfitrionas las empujaban con esfuerzo. Las cajas venían munidas de rueditas chirriantes y estaban cubiertas por unas mantas azul oscuro con estrellas pegadas, fulgurantes estrellas doradas y plateadas. Salieron dos armatostes de estos y luego dos más; las cuatro fueron alineadas lado a lado. Las anfitrionas se desintegraron y la música de los tambores se hizo febril, más envolvente y lujuriosa. Ángel creyó sentir el sonido hueco, tribal, de lo que pudo identificar como una batería de *tinyakuna*. Era el telón sonoro para el personaje que surgió a continuación: botas de hule, pantalón verde petróleo, chaleco de comando y gorra camuflada, el individuo de hombros chorreados y panza saliente llevaba un pasamontañas de lana negra. Se paró en medio del estrado y separó los brazos, acogiendo la masa de aplausos que ahora sí no fueron escatimados.

El encapuchado se paseó de izquierda a derecha, acogiendo el amor de la concurrencia durante largos minutos hasta que se oyeron las primeras silbatinas. Leída la impaciencia de los cazadores, los tambores callaron y el del pasamontañas se dirigió a la primera de las cajas. Aferrando la tela azul con ambas manos, la jaló con torpeza, descubriendo lo que reveló ser una cámara de vidrio. Dentro había un homúnculo casi desnudo. Estaba de pie con los brazos extendidos. Sus muñecas habían sido atadas a los tablones de una cruz. Llevaba una tanga roja que no era su única prenda: la violencia del color podía adivinarse a través del barroco velo de un faldellín de muselina, lujosamente estriado de pliegues y arabescos. El hombrecito crucificado era muy bajo y delgado; incluso podría describírsele como escuchimizado; su juventud era indudable a juzgar por la tersura de su piel lozana, lampiña y cobriza. Miraba al suelo, por lo que una sombra estratégica borraba su rostro. Podían verse algunos mechones de su cabello negro, los que acariciaban su frente al escapar del gorro de lana. En cuanto a dicho gorro, se trataba de un chullo rojo sangre decorado con llamitas amarillas que desfilaban alrededor del cráneo, persiguiéndose unas a las otras en fila india.

—Es el Señor de los Temblores —susurró Serena: su gozo de estudiante aplicada era indisimulable—. Supongo que el otro estará disfrazado de terrorista.

En ese instante el encapuchado se quitó el pasamontañas, gesto que cortó la respiración de Ángel. Se trataba de Robby, el coreano melancólico. Robby descubrió las tres cámaras restantes, que contenían presas análogas a la inicial. Las diferencias entre las cuatro eran mínimas: años más, años menos; algunos gramos de grasa; centímetros de altura ganados o perdidos. Los chullos ostentaban el mismo diseño andinizante. Terminada su labor el cazador asiático se agachó a recoger el micrófono y se expresó con una facundia inusitada, heredada de Blues, que parecía reservar para esta laya de presentaciones:

—Con ustedes, los rebeldes, los renegados, los prófugos. Los que abandonaron la miseria por un futuro mejor, llegaron a nuestras montañas para trabajar por sus hijos y aquí, entre peñas salvajes, entre rebaños de ovejas, enloquecieron y huyeron a la ciudad como pumas humanos con sed de sangre. Pero si ellos creyeron que podían asustarnos con sus malditos colmillos tritura-gringos, ¿qué les diremos nosotros esta noche? Revuelvan los ojos con pavor, bestias diabólicas, que por fin les llegó la hora. Muchachos, ¿qué hacemos en este gran país con los asesinos de nuestros vecinos y compatriotas?

—Ojo por ojo, diente por diente —se escuchó un rumor torvo, masticado entre muelas vibrantes de desprecio. Las luces del escenario giraron iluminando al público y cada uno de los cazadores alzó un brazo, el brazo derecho, para enseñar un frasquito de vidrio. Al parecer su intención era mostrar el contenido de aquellos pomos a los hombres desnudos. Cada uno encerraba una pareja de moluscos oscuros y arrugados que flotaban como acariciándose en la *qucha* de una solución cristalina y densa.

—¿Quién quiere cenar ostras de las Montañas Rocosas? —preguntó Robby: el sí del exaltado colectivo no se hizo esperar. Entonces el coreano escogió una cámara de vidrio y le deslizó una puerta corrediza que hasta entonces había sido indetectable. Se introdujo en la cámara junto al primer hombre desnudo; se detuvo a centímetros de su cuerpo enjuto, mirándole la coronilla, pues lo superaba en altura; y le enchufó el micrófono en la boca. El cautivo observó sin curiosidad la bola enrejillada, masculló un pelotón de voces incomprensibles y corrió un velo sobre su pensamiento. No daba la impresión de guardar silencio sino de ser incapaz de articular una frase, extenuado tras un confinamiento empedrado de palizas. El carnífice se acuclilló a su lado y, de un solo zarpazo, le arrebató el faldellín. Utilizando el pulgar y el índice de ambas manos, con estudiada delicadeza, le fue bajando poquito a poco la tanga roja hasta dejársela enredada a la altura de las rodillas. Volvió a atenazar el micrófono y encaró desafiante al público:

—*It's payback time.*

Ángel cerró los ojos. Pudo imaginar piel algodonosa, el peso y la blandura del bocado, el volumen de carne tibia llenando su boca y la suavidad de aquel habitante que pronto, al recibir la prensa de la mandíbula, estallaría instantáneamente como una granada de sangre.

36

—Mejor adelántate —le dijo a Serena al salir—. Quiero dar una vuelta.

Ella obedeció sin protestar. Se alejó ondulando con los dedos entrelazados tras la espalda. Era curioso: no lo había mirado de frente en un buen rato, había procurado hablar lo menos posible. Si se empeñaba en dar un diagnóstico, debía aceptar que actuaba como si estuviera avergonzada, pero ¿de qué exactamente? Ellos no habían hecho nada malo. ¿Sentía él vergüenza?

Ángel también se echó a caminar. Sabía muy bien a dónde quería ir. Dobló la esquina de Óskar Blues, se introdujo por un callejón y empezó a rodear el edificio. Avanzaba entre contenedores de basura, aguantando la respiración para sortear el tufo de los alimentos podridos. Llegó al estacionamiento, un cuadrilátero encarcelado entre murallas de concreto y alumbrado por un fluorescente miope. El único vehículo allí parqueado era la Chevrolet magenta, de llantas y puertas enlodadas, que descansaba con justicia después de la misión cumplida. Sus brillantes huevos de acero habían demostrado su coraje. Una escalera de fierro pintada de negro trepaba cinco escalones hasta la puerta trasera del restaurante. Al interior la música tropical seguía atronando, evidencia de que los últimos comensales se negaban a retirarse. Ángel se sentó en el primer escalón, de espaldas al barullo de la fiesta. Prendió un cigarro y se resignó a esperar.

Minutos después se abrió la puerta. La silueta saliente la cerró y permaneció allí, indecisa. Ángel pudo sentir el hincón de una mirada sobre su espalda, pero no se dio vuelta para recibir al aparecido. La silueta bajó los escalones que los separaban y se dejó caer a su lado.

—Qué noche…Ya estoy viejo para esto. ¿Me das fuego?

—Cómo no —dijo él, encarándolo. Su rostro sobresaltó a Blues: era un ovillo de rabia. No tuvo tiempo de reaccionar: de pronto estaba ya acostado con dos zarpas en sus solapas, una rodilla enterrada en su estómago y un aliento fétido acosando su cara.

—Espera, muchacho. ¿Qué quieres de mí? No hay necesidad de comportarse así, ninguna necesidad…

Sin soltarlo, Ángel formuló una pregunta que resonó como una afirmación.

—Ella te entregó la mochila para que me la dieras y tú sabías lo que había adentro.

—¿Qué dices? Por favor. ¿Puedes repetir eso?

Un temblor sacudió el pecho de Óskar Blues. Una risotada telúrica, masiva, calentó la cara de Ángel, que retrocedió perplejo.

—¿Era eso? ¿Nada más que eso? Bueno; jamás lo habría imaginado, pero creo que debería agradecerte. Por un momento pensé que venías a reclamar por el trato inhumano que les doy a tus compatriotas. Ahora veo que el cepo y el fuete te tienen sin cuidado.

Consiguió levantarse, resoplando, y alisó las arrugas de su rutilante chaqueta roja.

—Chico, ¿sabes cuál es tu problema? Tú también piensas que me llamo Óskar Blues.

—Ese es tu nombre.

—Qué más quisiera yo. Digamos que es mi nombre artístico, aunque no me pertenece exclusivamente. Todos los administradores empleados por la cadena deben asumir el mismo nombre. Es política de la empresa para dar un toque de autenticidad: crear falsos dueños, simular contacto humano. Todos adoran lo *familiar* y lo *local*. Lo cierto, amigo, es que hay decenas de Óskar Blues repartidos por la unión americana. En eso somos iguales, ambos respondemos a alguien más. Deberías darle vueltas a esa idea.

El falso Óskar se peinó la cabellera pelirroja, introdujo una mano en un bolsillo de la chaqueta y extrajo un recipiente de vidrio. Era igual a los que habían enarbolado los cazadores.

—Atrápalo. Yo no te debo nada. Ahora tengo que volver, dale mis recuerdos a Serena. Y en cuanto al *loco de los cerros*, no le hagan ningún caso. Si apareciera hoy le daría un apretón de manos.

Con esto abrió la puerta trasera, se introdujo en el local y desapareció en la sombra. Luego dio un portazo y manipuló un inapelable mecanismo de metal: un candado.

37

Yo no soy como ustedes. Mi ayllu era pequeño, triste y silencioso. No había en él penurias porque el diablo se mantenía lejos: *ripuy, supay, ama wasiykuman hamuychu...* Tampoco doncellas, ni danzantes, ni tambores para alegrar el invierno. Siendo hijos del desierto, nadie nos conocía ni venía a probar nuestro pan. En el desierto del sur hay un castillo de mármol y en él una estricta floresta, un vergel en ruinas: allí cantaba la más dulce mujer, lo hacía esperando tranquila. Soñando conmigo, también, que pronto llegaría a iluminar su vida. Mientras tanto mi padre-hombre, mi padre joven, volvía al atardecer, su piel tostada por el sol y sus ojos castigados por la luz: *maypi kachkanki, tatachay, ñuqa sapallay kay saqra suyupi tarikuni...*

Ahí estaba él: de pie detrás de un púlpito, dando la espalda al póster de una genérica ciudad andina. Podría ser Ayacucho, aunque también Huancayo. Sus vivos ojos negros acosaban a la cámara, perseguían al espectador: como si aquello que deseaba contar, la historia de su vida, fuera aun más importante para los demás. Su voz era melodiosa, fluía segura de sí misma y, así como asumía la entonación del poeta, sabía ser la de un predicador. Se expresaba sin rastro de ironía, cosa que sorprendió a Ángel. ¿Qué querría este hombre? ¿Por qué se había acercado a ellos, acaso buscaba su ayuda? Porque ellos no podrían hacer nada por él; técnicamente, eran del bando de Blues.

Las naves oscuras se dirigían al norte. Mis ojos de niño, *wawaq ñawinkuna*, seguían absortos su apretada peregrinación. Eran muchas, una tras otra, y me llamaban con amarga voz, llorando cual mujeres sus proas diligentes. Hubiera hecho lo que fuera por abordarlas, por perderme con ellas, pero mis pies aún no estaban listos para andar sobre el agua: la arena envolvía su piel ansiosa. Allá lejos, en los grandes y fríos países del norte, tenía lugar la guerra mientras aquí, en la íntima *qullqa* de mi corazón, fructificando estaba el dolor, más y más se empozaba el odio. Un calor secreto, *waqachasqa*, me impedía conciliar el sueño y así pasaba mis días sin probar el *sara*, imaginando a nuestros soldados en su lejana prisión: sentados en círculo, tiritando entre sus ovejas; soplando sus quenitas para aguantar mejor la guerra.

En algún punto Serena deslizó la hipótesis de que el Hijo también podría ser un pastor andino. Pero él no se sorprendió al comprobar que estaba lejos de serlo: su familia y la de Serena podrían haber sido una y la misma. Su ropa lo revelaba como un cultor de la moda autóctona: llevaba ojotas, un pantalón de bayeta, una chompa de lana con rombos naranjas y una miríada de cintas, pulseras, anillos y huairuros. La primera imagen que cruzó la cabeza de Ángel fue la de un antropólogo desquiciado. La confección de su discurso revelaba cierto nivel de instrucción, aunque tamizada por la inventiva. La presencia de palabras en quechua parecía artificial. A pesar de ello le prestó mucha atención, aferrándose a las partes más claras para reconstruir la totalidad.

Raro es, en verdad, el hombre del norte. Forastero que busca al otro, ¿quién será el que haya visto alguno? Es distinto el extranjero. Poco salen de noche, casi nadie sabe de ellos y ellos tampoco conocen al prójimo. Mueren, a veces, y nadie encuentra sus cuerpos. Extraño es, en su tierra y fuera de ella, el norteño que gira en su lecho y siente con fuerza, en la verdad de sus huesos, una sed de reunión. En el pozo sensitivo de su estómago la inminencia del encuentro —que es siempre un reencuentro— no suele inquietar sus torpes sueños. Sólo ustedes la conocen, *qamkunawan* la aprendí: cosquilleo subterráneo, ardor de juntamiento, en ustedes y en mí, hermanitos míos, *wawqichaykuna*: granos de una mazorca desperdigados en el tiempo. *Huk saralla watiqmanta kasaqku, ¡wiñaypaqmi!* ¡Oh laberinto ancestral de las almas que pugnan, desde antiguo, por abrazarse! Oh corazón que canta y llora entre la nieve de los siglos…

De acuerdo con Óskar Blues hacía varios años que nadie tenía noticias del paradero del Hijo. Ello se debía, ahora lo sabían, al hecho de que él mismo había abandonado su pueblo de adopción, Nederland —y la fama, y el dinero, y la gloria— por voluntad propia. Había salido de allí impulsado por un extraño sentimiento de incomodidad, cierto desasosiego que le impedía asentarse entre los otros. A nadie, ni siquiera a sus conocidos, informó de sus intenciones, pues al fin y al cabo eran extranjeros y, por más que le tuvieran aprecio, jamás podrían comprender el núcleo irreductible de su identidad. Tampoco podrían compartir sus secretas esperanzas, todas relacionadas con los densos bosques de Colorado. Hacia ellos se dirigió, portando consigo la caja de hielo seco en la que guardaba la cabeza de su padre. Se resolvió a morar allí, entre los pinos, protegido de la incomprensión por la soledad de la montaña. ¿Quizá algo en esas alturas le recordaba la sierra del Perú? Ángel no hubiera podido culparlo. A lo largo de sus caminatas no cambiaba palabra con persona alguna, ni bebía otra agua que no fuera la de los arroyos. Si sentía hambre bajaba a las carreteras, a los grifos, para mendigar alimento y enseguida regresaba a la barbarie, el único lugar del mundo donde volvía a sentirse en casa. Así habría continuado, desplazándose a solas, si no hubiera sido por su encuentro con un grupo de pastores. Eran doce, vivían con sus animales y se habían conocido en esos mismos parajes. Al enterarse de su nacionalidad los llamó *masikuna* —y hermanos— sin más trámite.

En la noche oscura del alma alcé mis ojos para verlos y los reconocí y me reconocieron, pastorcitos míos, *michiqchallaykuna*. Descubrieron en mí al hereje, al perseguido por el *killinchu* de los mil ojos sangrientos; leyeron en mis arrugas, en los surcos de mi juventud perdida, los insultos del forastero, los rostros airados de los que me aborrecen. Más tarde compartí sus papitas, me ofrecieron honesto lecho de ceniza y bebí de su *aqha* mezclada con lágrimas, el más fino elíxir que haya conocido. Purificado en el río de su amor le pregunté a mi sagrado padre, que siempre me acompaña y vela por nosotros, si él y yo podríamos, al fin, descansar aquí, en el regazo de un nuevo ayllu. Pero sus labios de hielo me susurraron al oído, ¡oh sabiduría de los siglos!, que para nosotros no habría nunca salvación posible. Pronto nos perseguirían, arrojándonos piedras estarían, quemando nuestras casas y envenenando nuestra chicha. Por su culpa nos secaríamos, pues, como el ichu que crece en los páramos de altura. Frente a ellos ¿qué sería de ti, *tatay* mío de los granizos? Te dejarían siempre allí, en tu morada de invierno. Ni siquiera la pila cálida de la ovejita más linda, *munaycha uwijacha*, derretirte podría.

Los pastores con los que trabó amistad se habían escapado de sus patrones. Ellos reproducían el modelo explicado por Blues: el maltrato, la fuga, la reunión, el vagabundeo. La horda defensiva. ¿Por qué no se fueron a las ciudades, donde habrían podido encontrar trabajo? El monte los llamaba, seguro. Ángel sospechó que algún contacto con la civilización tendrían que mantener, ya que de lo contrario habrían sucumbido. Sin embargo, la versión narrada por el Hijo excluía todo vínculo con «los extranjeros», a los que parecía odiar en masa y con intensidad gratuita. Según el Hijo él mismo y sus pastores, que al instante se pusieron a sus órdenes, empezaron a recorrer las serranías de Colorado como una tribu de nómades. Dormían junto a las brasas de la fogata, cazaban ardillas y mapaches, pescaban truchas en los riachuelos y recolectaban frutos de los árboles. Por supuesto, no se aclara qué frutos serían aquellos: las silvas de la región estaban muy lejos de ser edénicas. De cuando en cuando aparecían sus enemigos, cuadrillas de matones contratados por los ganaderos, los burlados gamonales, para darles un escarmiento y, si podían, para regresarlos a sus puestos. Entonces la utopía pastoril daba lugar a grescas en las que los pastores se protegían desesperados usando picos, lampas, machetes y las pocas armas de fuego que poseían: todas robadas, claro. Así pasaba el tiempo, se iban escurriendo los años. Sobrellevaban serenos esa existencia agreste, agradecidos de una libertad arduamente conquistada.

Padre sagrado: en aquel tiempo tú sonreías entre los árboles. Cada mañana, bañando el monte con tu luz buena, nos veías salir juntos, contemplabas a tus pastorcitos, nos despedías con amor y nos deseabas buena suerte. Por la tarde bebías nuestro sudor, curabas nuestros cuerpos y consagrabas el pan que le arrebatábamos a la Ciudad. Alrededor del fuego la carne más jugosa de estas soledades —¡*miskim aycha!*— pasaba de mano en mano, la verdad reinaba en nuestras lenguas y desde los *mallkikuna* sonreías tú, complacido con tus hijos. ¿Y por qué, pues, no habrías de estarlo? En nosotros, los humildes, no había sitio para el odio, la codicia o la maldad; el bosque nos aceptaba, éramos su prole y vivíamos con él, para él. El *sacha*, las más generosa de las casas, nos prodigaba sus criaturas mientras el *tuku* cantaba oculto, hiriendo almas como llanto femenino. *Hinamanta* la paz era con nosotros y no existía el mal.

En cierto momento aquella relativa estabilidad se quebró. En cierto momento aparecieron los sicarios de Óskar Blues, el pionero de una modalidad de turismo que hallaba su materia prima en el cuerpo de los pastores. Entonces se inició, de verdad, la guerra. Comparadas con la ferocidad de Blues, las batallas con los enviados de los estancieros habían sido juegos de niños. Los nuevos verdugos disparaban sin asco, herían a los pastores y se los llevaban a rastras, manchando de sangre los pajonales. Se los llevaban a una granja que Ángel conocía y donde eran *almacenados* hasta el próximo *espectáculo*. Más de un miembro de la tribu fue asesinado por ellos. Ángel pensó que también esos hombres, quizá el mismo Robby, mataron y caparon al cartero y al dependiente con motivos puramente promocionales: para incrementar las ventas de testículos embalsamados. Los turistas que buscaban seducir no se amedrentaban con esas cosas: de hecho, los ilusionaba, como a la propia Serena. Ya no somos extraños, se dijo Ángel. De manera que, siguió pensando, los carteles firmados por Misti Layqa también serían obra de Blues, el gran enemigo de los pastores. Peste y tragedia de los pinares.

El diablo *puka kunka* aparecía también, a veces; rabiando como un toro, peleando con su sombra, nunca llegaba solo pues muy cobarde era: por más que el fuego baile en sus venas. Así nos echaba sus fieras, que llegaban de noche, ¡siempre!, olisqueando; no cuando cazábamos, no mientras reíamos, jamás si nos bañábamos ni soñábamos en los lagos. No: ellos llegaban estando oscuro. Así se metían en nuestros ojos, así rompían nuestros pechos mientras el maldito diablo cuello rojo, el diablo *puka kunka* bañado en sangre de nuestras venas, se sentaba a nuestra mesa. Allí espiaba con lujuria, así nos sacaba de la tierra, como frutos nos cogía y nuestros lanis temerosos sin asco los cortaba, alimento exquisito para sus labios sucios. Tú, padre, lo sabías y nos mirabas lastimado entre las ramas más altas, sin poder hacer nada: ¡mirando apenas con tus tristes ojos fríos, llorando apenas por el destino de tus huérfanos!

Pero la situación cambiaría. Así se lo aseguraba el Hijo a sus pastores, que peleaban con valentía aunque algunos de ellos, los más jóvenes, empezaran a desertar y a marcharse. De los doce pastores originales sólo quedaban tres; los otros murieron o regresaron a sus rebaños, espantados por la violencia de Blues. Algún traidor decidió trabajar para el enemigo. El Hijo sufría estas pérdidas con entereza, sabiendo que la guerra era tan inevitable como el triunfo. Esta idea fija de un destino manifiesto llegó acompañada de un mito que el líder solía compartir con sus tropas alrededor de la fogata, al final de cada jornada. Dicho mito, no es preciso decirlo, estaba relacionado con la inminente resurrección de su helado *tata*. Si la ciencia les había fallado, otros serían los medios, otros caminos seguirían para apurar la venida al mundo del Salvador Congelado, aquel que derrotaría al diablo del cuello rojo, pondría fin a las muertes de inocentes y señalaría la venida de tiempos mejores. ¿Cuándo, cómo y dónde resucitaría el Padre de Hielo? Esta información, claro está, no la proporcionaba el Hijo. El video que había obtenido Serena concluía con una injustificada nota de optimismo.

Oh pastor mayor, pastor de hombres, pastor de pastores. Oh padre sagrado, señor del invierno fuerte: tú nos conoces, ya seguiste nuestra lucha; por ti batallamos, por ti morimos. ¿Cuándo descansaremos, *kamachiq* de cabreros? ¿Cuándo dormitaremos recostados a tu vera? Tu reino aguarda, nos llama sin palabras; el enemigo rabia, maldice y sufre porque él, cuitado, no conoce a nadie y nadie lo reconoce a él. Su imperio morirá, eso sabemos. Duélete de tus ofensas, diablo *puka kunka*, bebe nuestras lágrimas y conoce el dolor, pues cuando los pulmones de nuestro sagrado padre recuperen el soplo, y su garganta recobre la añorada voz, y sus miembros recorran el mundo por juntarse con su cabeza, y la balita encajada en su sesera florezca como calandria, y de sus místicos huevos congelados salgan las crías de los cuatro vientos, un gran castillo de mármol se alzará ante nuestros ojos y nuestros pies, orgullosos, en cien jardines hallarán sosiego. Entonces nos sentaremos a tu mesa, padre nuestro, y tú beberás de nuestra chicha, probarás de nuestra *aycha* y vivirás de nuestro *t'anta*. El desierto se convertirá en océano y el océano se hará gran *raymi* y tú festejarás con tus hijos, con danzantes, con tambores, con doncellas: tal vez sea así, dicen. *Nispa nisqa*, siempre. Ya queremos sentir tu piel, no dilates más tu llegada. Tu falta es como herida abierta, sombra mala que aprieta el *sunqu*.

38

—Es como una piedra —dijo Serena. Esta vez iba ella al volante del Impala—. No puedo creer que paguen tanto por eso; tampoco que sea el motivo de una absurda guerra.

Ángel alzó el frasco de vidrio y lo miró contra el fondo de los árboles blancos. El diminuto alienígena que habitaba dentro le devolvió la mirada. Era cierto, había ocurrido: las billeteras, la insania, la puja. El trofeo: él nunca sabría qué hacer con algo así.

—Podría venderlo, pero ¿a quién? Hubiera preferido un cheque.

—No todo es dinero. Finalmente, lo que nos queda es la experiencia.

Las aguas del reservorio se alzaron tras una maraña de troncos. Ángel notó que en la parte más profunda del lago una zona negra empezaba a descongelarse. Era una pupila en el centro de la blancura, el inicio de un lento despertar que culminaría en la primavera. Cerró los ojos y se esforzó por imaginarse el mismo paisaje en verano. Al despertar esa mañana también los había cerrado y enseguida se había dicho que así la Hora de Partir no llegaría a encontrarlo. Se pasearía por el hotel sin dar nunca con ellos.

—La experiencia, claro. ¿Fue tan especial como esperabas?

—Puede ser. Esas cosas se saben más tarde, ¿no?

—Cuando aparezcan en un póster, quieres decir.

—O en una de tus fotos. No tiene importancia. Tampoco importan Blues, el Hijo, los pastores, sus embrollos. Lo importante es esto: ¿cómo te sientes tú ahora? Yo, como si llevara adentro una semilla desconocida. Nos vamos *sembrados*, si eso tiene sentido. Y donde hay una semilla no caben los finales porque siempre vendrá algo más.

Serena se concentró en la carretera. Ángel pensó que hubiera sido imposible arrancarle otra palabra y se entretuvo considerando estas últimas. No las encontró totalmente anodinas. Adelante, bajo un cielo despejado, el asfalto culebreaba junto al arroyo, que se tornaba más y más calmo a medida que iban bajando. El cañón se abría poco a poco frente a ellos y las laderas, antes escarpadas, ya empezaban a presentarse suaves, dulces y verdes. La gran nevada de Nederland había perdonado a Boulder, pero había un riesgo moderado de tormentas para esa misma noche. El Expreso Chihuahueño volvería a retrasarse. Nada que hacer, el clima de Colorado era así de voluble.